**AMORES EXPRESSOS
DUBLIN**

A marca FSC® é a garantia de que a madeira utilizada na fabricação do papel deste livro provém de florestas que foram gerenciadas de maneira ambientalmente correta, socialmente justa e economicamente viável, além de outras fontes de origem controlada.

DANIEL PELLIZZARI

Digam a Satã que o recado foi entendido

Copyright © 2013 by Daniel Pellizzari

Grafia atualizada segundo o Acordo Ortográfico da Língua Portuguesa de 1990, que entrou em vigor no Brasil em 2009.

A coleção Amores expressos foi idealizada por RT/ Features

Capa
Retina_78

Preparação
Rita Mattar

Revisão
Adriana Cristina Bairrada
Luciane Helena Gomide

Os personagens e as situações desta obra são reais apenas no universo da ficção; não se referem a pessoas e fatos concretos, e não emitem opinião sobre eles.

Dados Internacionais de Catalogação na Publicação (CIP)
(Câmara Brasileira do Livro, SP, Brasil)

Pellizzari, Daniel
  Digam a Satã que o recado foi entendido / Daniel Pellizzari. —
1ª ed. — São Paulo : Companhia das Letras, 2013.

  ISBN 978-85-359-2289-9

  1. Ficção brasileira I. Título.

13-05505   CDD-869.93

Índice para catálogo sistemático:
1. Ficção : Literatura brasileira 869.93

[2013]
Todos os direitos desta edição reservados à
EDITORA SCHWARCZ S.A.
Rua Bandeira Paulista, 702, cj. 32
04532-002 — São Paulo — SP
Telefone: (11) 3707-3500
Fax: (11) 3707-3501
www.companhiadasletras.com.br
www.blogdacompanhia.com.br

Go n-ithe an cat thú is go n-ithe an diabhal an cat.
[Que o gato te engula e que o diabo engula o gato.]
Maldição irlandesa

SOBRE A QUESTÃO ESLAVA
dois anos atrás

Maio de 2007
Bealtaine 2007

Aí eu penso no sofrimento da jovem mulher feia na Rússia. Aos dezoito anos, uma garota russa que não seja estonteante deve se sentir um paquiderme. Em partes menos afortunadas do planeta a menina até que poderia ser considerada atraente, mas na Mãe Rússia isso não faz a menor diferença.

Em pouco mais de uma década as coisas se invertem. Por volta do aniversário de trinta anos, obedecendo a uma coreografia genética, quase todas as russas incham de uma hora para a outra. Viram matronas amargas embaladas em vestidos floridos, escondem a cabeça com lenços que parecem feitos com trapo de cortina e dedicam o resto da vida a zanzar de um lado para o outro com sacolas abarrotadas de manteiga, vodca e batatas.

Amargas, suspeito que sempre foram. Jovens russas são uma fruta de casca brilhante que atrai a mordida para só então se mostrar venenosa. É uma estratégia desprovida de qualquer sentido em termos evolutivos, mas estamos falando da Rússia. Não fazer sentido algum é o lema nacional. Aposto nesse absurdo entranhado nos cromossomos como origem das propriedades de bomba-relógio das mulheres russas. E talvez por isso todas venham acompanhadas por uma trilha sonora orquestral muito dramática, com direito a gongo e estouro de canhões.

Basta olhar para uma jovem russa com um mínimo de atenção para compreender que ela pode explodir a qualquer momento. Pode estar montada em cima do camarada e de repente soluçar, cerrar os punhos e golpear o peito do infeliz, depois o colchão, agarrando os lençóis com força suficiente para rasgar, e depois erguer os olhos para o teto berrando fonemas guturais como se estivesse ajoelhada em frente a um trigal nas cercanias de Volgogrado, encarando os céus e amaldiçoando o destino. E mesmo assim, em meio aos murros, às lágrimas, à baba, aos soluços e à gritaria, continuar tão bela quanto as melhores tragédias. Um investimento de alto risco, as jovens russas.

No fundo imagino que isso valha para todas as eslavas, mas me concentro nas russas porque estou rodeado delas. Esta noite, tudo que enxergo à minha volta são russos. Talvez sejam poloneses ou ucranianos, admito. Não sei. Mas são eslavos, disso tenho certeza: as mulheres presentes não me enganam. Escuto o drama e os guinchos da trilha sonora abafando o texas blues de quinta categoria que escapa das caixas de som. Bleu Note. Um nome afrancesado para um pub irlandês dedicado a um estilo musical americano e frequentado por eslavos. Cheguei aqui meio por acaso, caminhando a esmo pelas ruas idênticas do centro de Dublin ao norte do rio Liffey, ruas que mais parecem muralhas intermináveis de tijolos avermelhados.

Chegando na esquina da Capel, abri caminho por entre uma pequena multidão de fumantes, cruzei as portas azuis, desci as escadas e fui parar no meio da Guerra Fria. Pareço ter voltado quase meio século no tempo e invadido por engano o porão do quartel-general da KGB. Todos os homens, invariavelmente corpulentos, vestem roupas sociais e têm a cabeça raspada ou o cabelo cortado muito rente, acentuando os maxilares angulosos. Alguns usam óculos escuros. Todos bebem com um ar que poderia ser chamado de solene se não fosse rude. E as mulheres, exceto as duas ruivas, são todas loiras.

Descontando os russos, parece um pub como outro qualquer: meio escuro, meio barulhento, meio antigo, meio qualquer coisa. Uma atmosfera de suor alcoólico e perfume. Sento num dos bancos do balcão. Considero a ideia de pedir um *pint* de *lager*, mas acabo me decidindo por uma vodca dupla. Desta vez pode ser necessário me encaixar no ambiente. Minha solidão não chega a durar cinco minutos. Ainda estou no primeiro terço da vodca quando um russo de paletó com ombreiras senta no banco vago ao meu lado. Olhando para cima, estala os dedos da mão esquerda no ritmo do blues pasteurizado e usa a outra mão para segurar um copo. Ao registrar a minha presença, resmunga alguma coisa cheia de consoantes que termina num ditongo interrogativo. Seu rosto é um bloco de concreto sem expressão alguma.

— Desculpa, não entendi — explico. Ele não parece aceitar o que acaba de ouvir e repete o que parecem ser as mesmas frases, agora um pouco mais devagar. — Não entendi — repito, e ele segue me encarando sem nenhuma intenção de fazer amigos. Arrisco um sorriso e pergunto se pareço russo. Ele não diz nada.
— Eu pareço russo? — insisto.

— Não — ele responde, e faz uma pausa para analisar minhas feições. — Turco — acaba dizendo, quase num arroto. — Turco judeu — completa, babando e mostrando dentes irregulares e pontiagudos. Pelo menos não são de aço.

E existem muitos judeus na Turquia?, penso mas não pergunto. Ainda estou ruminando o que responder quando ele se levanta e debruça o corpo maciço sobre o balcão, ficando praticamente deitado. Esticando um dos braços, apanha uma maleta estilo 007 que parece saída diretamente dos anos 1970 e a coloca sobre a madeira gasta do balcão. Sem dizer nada, volta a me encarar. Uma cicatriz corta seu rosto de uma têmpora a outra, dividindo a testa ao meio.

— Turco judeu — repete, dessa vez num tom mais baixo e sem saliva, e acaricia as trancas da maleta com a ponta dos dedos grossos.

Todo mundo sabe o que significa uma maleta nas mãos de um russo de paletó e cabeça raspada. Acabo de entrar, mas sei que chegou a hora perfeita para bater em retirada. Não chega a ser medo de levar uma surra. É um temor mais profundo, quase religioso. Russos com maletas são praticamente um ícone bizantino, e o recado é claro: armagedon. Como um apocalipse nuclear pode arruinar o dia de qualquer um, deixo algumas moedas sobre o balcão, me levanto e tomo o caminho da rua sem olhar para trás.

Saio do Bleu Note, atravesso outra vez a muralha de fumantes e dou os primeiros passos na direção do albergue. Assim que viro a esquina começa a garoar. Os pingos engrossam um quarteirão mais tarde, no mesmo instante em que o néon do Eddie Rockets atrai minha atenção. É um pequeno templo kitsch, imagem platônica de uma lanchonete americana dos anos 1950. Piso quadriculado branco e preto, bancos forrados de falso couro vermelho com detalhes em branco, mesas de fórmica com mini-jukeboxes individuais, metálicas e brilhantes, e uma equipe de garçonetes imigrantes vestidas de adolescentes WASP dos Estados Unidos de meio século atrás. Num canto do cardápio, perdido entre hambúrgueres medíocres e fritas gorduchas acompanhadas de chili sempre meio gelado, se esconde o melhor milk-shake do hemisfério ocidental.

Era disso que eu precisava para obliterar da minha cabeça a imagem de cogumelos atômicos. Desde que descobri o milk-shake do Eddie Rockets, me converti. Admito que a sensação de tomar esse milk-shake é uma das melhores coisas que já aconteceram comigo. Não é tão sublime quanto tirar a calcinha de uma mulher que você ainda não comeu, mas é sensacional.

Sento em uma das mesas, tiro o casaco úmido, ignoro a mini-jukebox e faço de conta que analiso o cardápio. Continuo pensando nos judeus da Turquia, ainda pouco disposto a me envolver numa discussão íntima sobre qual sabor de milk-shake deveria escolher. Quase sempre peço chocolate simples e não posso dizer que me decepcionei com baunilha, mas o problema é que ainda me restam outras duas opções. Nesse contexto, escolher sabores de milk-shake também é um investimento de alto risco. Qualquer descuido, qualquer ousadia, e a perfeição pode ser arruinada. Mantenho os olhos colados no cardápio e vou remoendo algo que me aconteceu na manhã daquele dia, enquanto eu caminhava ao norte da Parnell Square após tomar meio litro de café aguado numa lojinha de conveniência de esquina.

Apesar do vento frio, o céu estava limpo e as gaivotas se esgoelavam ao longe. Como se fosse uma criança de quatro anos, a garota saltitava à minha frente, usando sapatilhas sem meia. Não podia ter mais de dezessete anos. De início achei que estava brincando, mas logo percebi que ela fazia aquilo com certo desespero, quase rígida de angústia. Com roxos aqui e ali, a pele que se mostrava a partir das sapatilhas era coberta do tornozelo para cima por uma *legging* preta que se escondia sob uma minissaia verde-musgo. Por baixo de uma jaqueta vermelha de algodão com capuz, uma blusa sem mangas com listras pretas e brancas. Sem sutiã, os seios pareciam ainda mais volumosos e sacudiam a cada salto. Cabelos negros compridos e repicados. Mesmo saudável e fornida demais para se encaixar no estereótipo *junkie*, a garota tinha marcas escuras na mão esquerda, entre indicador e polegar. Resmungava baixinho palavras curtas e urgentes enquanto saltava de uma pedra a outra do calçamento. Quando emparelhamos na esquina, espichei o olho sem virar a cabeça. Tentei enxergar seu rosto. Ela devolveu o olhar num reflexo, infantil e pálida, olhos verdes rodeados por lápis borrado, um nariz quase pontiagudo de tão insolente.

Quando o sinal para pedestres abriu, comecei a atravessar a rua. Após uns cinco ou seis passos, não senti mais presença alguma ao meu lado. Olhei para trás, tentando ser discreto. Ela continuava parada na esquina, diante da faixa de pedestres. Quase congelei no meio da rua. Ainda a escutei dizendo "socorro" com uma voz morna e achatada. Foi um "socorro" muito claro, acompanhado por uns murmúrios que não consegui entender. Continuei mudo e virei à esquerda. Já estava a uns cinquenta metros de distância da garota e só conseguia pensar em voltar, mas temia dar a impressão errada. Não queria parecer maluco ou tarado. Parei em frente à porta dos fundos do hospital, a menos de cem metros. Dei mais uma espiada. Ao ver que ela continuava no mesmo ponto, virei o rosto. Continuei fingindo estar esperando alguém. Quando resolvi dar uma última olhada para em seguida fazer alguma coisa, qualquer coisa, a garota não estava mais lá.

Sem que eu percebesse, ela tinha atravessado. Passou por mim do outro lado da rua, ainda pulando de uma pedra a outra do calçamento. Não parecia seguir lógica alguma nos saltos. Não tentava evitar os limites entre uma pedra e outra, não se esforçava para escolher as mais escuras ou as mais claras, não pulava sempre a mesma distância. Talvez estivesse usando um padrão pouco óbvio. Datas de aniversários, números primos, as casas decimais de pi, qualquer coisa. Talvez nem estivesse percebendo o que fazia. Resolvi que precisava fazer alguma coisa. Travei os dentes, tomei fôlego e atravessei a rua.

Distraído com o esforço de tentar agir naturalmente, não entendi muito bem o que aconteceu. Não vi se a garota entrou numa das casas meio destruídas e cheias de pichações, se embarcou num dos ônibus estacionados por ali, se tinha se desvanecido no ar ou escapulido por algum portal mágico. Qualquer que fosse a resposta, ela não estava mais em lugar nenhum. Apertei o passo e virei à direita, mas nada. Tinha mesmo sumido. Fez isso sozinha, com as próprias forças, sem dar sinal algum de suas intenções, sem nem perceber que eu estava prestes a salvar o dia. Fiquei tonto, costurando a rua de uma calçada a outra. Quase fui atropelado por um táxi, que seguiu seu caminho na trilha do grito de "idjooooota!" do motorista. Acabei entrando numa ruazinha e topando de nariz com o fedor de peixe de uma feira. A tontura piorou, virando enjoo. Entrei num centro comercial, sentei no primeiro banco que encontrei e fiquei imóvel por quase uma hora em frente à vitrine de uma loja de artigos esportivos, tentando me acalmar, tentando me entender, tentando deixar de esperar que a garota reaparecesse.

Uma garçonete de pescoço comprido demais, olhos quase azul-celestes e cabelos com óbvia tinta preta ignora meu interesse fingido pelo cardápio e pergunta o que desejo. Segundo o crachá que decora seu corpo de falsa magra, ela se chama Stefanija. É tão bonita que me constrange. Sou o tipo de barbado que se intimida até mesmo com a presença de colegiais de treze anos. Para vencer a paralisia, coloco a perfeição em risco e peço um milk-shake de chocolate maltado. Funciona. Aproveito a onda de coragem e pergunto à garçonete se ela é russa. Eslovena, responde, inclinando a cabeça para a direita como um cãozinho confuso.

— Eslovenos são eslavos? — percebo na hora que a pergunta foi idiota. A etimologia parece bem clara. Eslovênia, eslavo, escravo. Pelo que lembro, todas compartilham a mesma origem. Mas por mais que eu olhe para a garçonete, não escuto violino algum. Talvez eu não entenda nada de etimologia.

Stefanija abre um meio sorriso, responde que a Eslovênia

fica perto da Itália e se afasta da mesa. Depois de transmitir meu pedido para a cozinha, olha para a minha mesa por alguns segundos e inclina a cabeça para a esquerda. Muito, muito de leve. Poucos minutos depois, sirvo meu copo e provo o milk-shake de chocolate maltado. Perfeição.

    Antes mesmo de pedir a conta já estou resolvido a deixar três euros de gorjeta. Assim que Stefanija estende os dedos longos e cônicos para apanhar o dinheiro, percebo que uma das moedas é polonesa. Magnus, eu digo. Meu nome é Magnus. Magnus, ela repete, se atrapalhando com a sílaba tônica e chiando levemente o último fonema. Não ouço música nenhuma. Talvez só as jovens eslavas loiras sejam trágicas. E as ruivas. Talvez um pouco de tinta resolva qualquer problema. Pergunto se ela sabe que em Dublin existe um porão que esconde um pub secreto, com espaço para apenas cinco ou seis clientes. Ela responde que não bebe.

    Desembarquei na Irlanda para passar algumas semanas. Um mês e meio, no máximo. Tenho vinte e sete anos, algumas economias e nenhuma ambição ou perspectiva para o futuro além de talvez partir em seguida para algum outro país, talvez a França, talvez para ficar mais tempo. Graças ao milk-shake perfeito e a um pouco de tinta preta, tudo mudou. Chega de talvez.

    Vou ficar.

IDIOTAS EXTRAORDINÁRIOS

Setembro/Outubro de 2009
Méan Fómhair/Deireadh Fómhair 2009

Fica longe daqui, a montanha gelada onde eu vou morrer. Ainda não escolhi. Isso não quer dizer que ela não exista, e muito menos que eu não vá morrer por lá. Aprendi meio cedo que uma coisa não tem nada a ver com a outra. Estou aqui, a cidade está no mapa, estou com vida, a cidade tem montanhas. Existe um caminho entre mim e a cidade, entre meu quarto e a montanha, entre a minha vida aqui e a minha morte lá. Isso não significa que só exista um caminho. Tudo são possibilidades. Uma coisa que dá tontura.

Mas nem por isso vou sair por aí pedindo conselhos, até porque ninguém tem noção de nada. Não é porque eu vou fazer treze anos daqui a dois meses que sei menos coisas que o meu pai, por exemplo. Estou de mal com ele faz mais de um ano. Ele não entende nada. Nadinha. Mas eu também não. É outra coisa que aprendi bem cedo. Ser humano é estar confuso. Não. Ser humano e medíocre é fingir que não existe confusão nenhuma. Que está tudo bem, que tudo é fácil, que qualquer coisa vai dar certo. Mas ser humano, humano mesmo, é admitir que não é bem assim.

Admitir o fingimento e deixar só a confusão. E é bem isso que eu quero. Acho. Não tenho muita vontade nem de começar a fingir. E é por isso que eu vou pra cidade que tem as montanhas.

    E vou de carona. Pegar carona é a coisa mais fácil do mundo. Parece ainda mais fácil pra quem sabe que vai morrer, porque aí os riscos não são exatamente riscos. Mas ia ser bem horrível morrer antes do lugar e da hora que combinei. Mesmo que eu só tenha combinado comigo. Imagina. Não que eu já saiba todos os detalhes. Só sei que vai ser na montanha gelada. Vou chegar perto do alto e sentar ao lado de alguma pedra. Se tiver alguma pedra por lá. Deve ter. Aí eu vou ficar olhando pro branco até a morte chegar. Acho que antes vou dormir, porque é isso que acontece quando a gente morre de frio. Depois a neve cobre o corpo todinho e ninguém fica sabendo de nada. Eu sumo e pronto. Quando a gente para e pensa nas possibilidades, nota que é bem fácil desaparecer e nunca mais ninguém encontrar. Mais fácil até que pegar carona.

    Eu já tinha pensado nisso tudo muitas vezes, nem lembro como começou. Mas eu só tive certeza, só decidi mesmo que era isso que eu ia fazer, no dia que meu vô morreu. Foi ontem mesmo. Eram umas três da tarde e eu estava jogando *Metroid* quando ouvi umas risadas na sala. Umas risadas que não acabavam nunca. Cada riso escalava o final do outro. Uma coisa sem fim. Era meu vô, dava pra notar. E só tinha a gente em casa, mesmo. Meus pais estavam no trabalho. Minha irmã estava fazendo as coisas que ela vive fazendo e nunca me conta o que é. Mas ela tem os problemas dela. Se eu não soubesse quem é meu pai acho que também ia ficar meio assim que nem ela. Com muitos segredos. Acho. Mas eu sei direitinho quem é meu pai e mesmo assim também tenho os meus problemas. E os meus segredos. Então acho que dá no mesmo. Ou vai ver o problema é a nossa mãe. Ou só existir, mesmo. Existir é um negócio bem opressivo. E as risadas do meu vô não paravam nunca. Mas podia não ser ele. Às vezes o dia tem essas coisas. Essas surpresas. Tudo são possibilidades.

Meu vô era legal. Pai da minha mãe. Ninguém sabe de onde ele veio, só que tinha catorze anos e chegou na Irlanda de navio, sozinho, numa época em que todo mundo estava indo embora porque faltava tudo por aqui. Agora é que ninguém vai ficar sabendo de onde ele veio, mesmo. Sempre que ficava sozinho ele cantava umas musiquinhas que pareciam meio árabes. Ou judaicas, sei lá. Confundo. Quando ele percebia que eu estava ouvindo, fechava a cara e me xingava de alguma coisa com aquele sotaque que ninguém sabia de onde era. Sempre rindo. Ele tinha cheiro de lustra-móveis, mas cheiros são que nem idades. Não querem dizer nada.

Ele era bem magro e tinha uns cabelos despenteados, mesmo quando penteava. E olha que sempre andava com um pente no bolso. Dá pra entender? Não tinha jeito. Uns dentes bem amarelos. E sempre que eu olhava pras mãos dele pensava em boxe. Por causa do tamanho e dos dedos meio tortos e muito grossos. Meu vô vivia contando umas coisas que ninguém queria ouvir. Quase ninguém. Por causa dele, por exemplo, eu sei que as mulheres incas esmagavam batatas cozidas na cara de todos os homens narigudos que encontravam pela rua. As mesmas batatas que fizeram falta por aqui no século retrasado e aí quase todo mundo morreu de fome ou foi embora. E que uma vez a inquisição espanhola condenou à morte todos os habitantes da Holanda. Todinhos mesmo. E que num dos países da antiga União Soviética, ele não soube ou não quis me dizer qual, existe uma seita que adora um deus com cabeça de galo, um deus que não tem um dos dedos e protege o mundo de um novo dilúvio. E mais um montão de coisas desse tipo.

Uns dois dias antes de morrer ele tinha me contado a história de um filósofo da Grécia. Aqueles caras que viviam dentro de barris. Esse tinha morrido de tanto rir enquanto olhava um burro comendo figos. Aí quando eu ouvi aquelas risadas lembrei dessa história na hora. Larguei o controle e desci correndo. Mas não tinha burro nenhum na sala, só meu vô e a cadeira de balanço. Ele ainda estava rindo bastante, cobrindo a dentadura com uma das mãos. Com a outra estava segurando uma revista, que estendeu pra mim sem parar de dar risada. Era uma revista esotérica, esses negócios que ele gostava de ler. Uma edição especial. "Arqueologia Fantástica." Aquela eu já tinha lido, tinha um texto sobre os crânios de cristal. Adoro os crânios de cristal. Ele me entregou a revista aberta bem numa página com a propaganda de um livro sobre o apocalipse. O anúncio dizia que o fim do mundo estava chegando. Sempre dizem isso. É uma possibilidade. Tinha também uma figura bem grandona de Saturno. Assim, o planeta. Não o deus. Na hora eu não entendi muito bem o que uma coisa tinha a ver com a outra.

Não perca tempo! Eram umas letras bem grandes, bem pretas. Aí tinha a capa do livro, que quase não dava pra enxergar porque se misturava com os anéis de Saturno, e mais um pouquinho de texto numas letras menores. *O fim está próximo! Peça já!* Um montão de exclamações. Só entendi o motivo de tanta risada quando meu vô apontou umas letrinhas bem pequenas, assim de lado, num dos cantos da página. Até decorei: *Devido ao grande volume de pedidos, rogamos sua paciência em caso de atraso na entrega do livro.* Era mesmo engraçado. Meu vô continuava rindo. Acho bom explicar que ele não ria que nem a maioria das pessoas. Uma vez, acho que eu tinha uns seis ou sete anos, ele me falou que o destino de todo mundo é virar idiota. Algumas pessoas percebem, outras não, mas todas acabam virando idiotas. Aí ele me falou que o importante era lembrar sempre disso e tentar ser um idiota extraordinário. Acho que era por isso que ele ria daquele jeito. Um riso meio assim engasgado, que começava aos poucos. Um rá-rá que depois virava um rá-rá-rá e aquela coisa ia crescendo cada vez mais e ficando mais e mais e mais e mais alta e descontrolada. Era bem legal.

    Larguei a revista no colo do meu vô e fiquei olhando pra ele. Esperando ele finalmente parar de rir, recuperar o fôlego e dizer uma daquelas frases que vivia repetindo, umas coisas que eu nunca entendi direito mas gostava de ouvir assim mesmo. Tipo *Multidões são vírgulas que desistem*. Ou *Sem misericórdia para quem vomita o próprio cabelo*. Essa parecia tradução ruim, ainda mais com o sotaque. Mas ele não parava nunca de rir, e aí fez uns gestos que pareciam mímica. Levei um tempinho pra entender que ele estava pedindo um copo d'água. Quando cheguei na porta da cozinha ele parou de rir. Servi a água e voltei depressa. Enxerguei a revista no chão e meu vô na cadeira de balanço, bem quietinho, de olhos abertos. Parecia que estava encarando a samambaia, mas ninguém encara samambaias. Quando cheguei perto com o copo ele falou uma coisa com uma voz bem baixinha. É como um fósforo se apagando. Bem assim. É como um fósforo se apagando. Aí morreu, levando embora um mundo inteiro. Achei aquilo uma frase meio idiota, mas tudo bem. Não tinha mesmo como ganhar de *Nem os esqueletos são eternos*, minha preferida. Mas ele não disse mais nada. Parou nessa frase do fósforo e ficou ali, encarando a samambaia. Olhei mais uma vez pra Saturno na revista. *Não perca tempo!* Meu vô vendia perucas quando era novo, ele contou uma vez pra mim e pra minha irmã um tempão atrás.

    Aí voltei pro quarto e olhei pra imagem congelada na televisão. Samus Aran em formato de bola. Não encontrei meu celular. Não consegui lembrar o número da minha mãe. Nem pensei em ligar pro meu pai. Desliguei o Wii, fiquei olhando pra tela preta da televisão e fui bebendo a água que tinha levado pro meu vô. Bem devagarinho. Engolindo como se aquilo fosse outra coisa.

Stefanija foi embora e eu nem ligo.

Sendo mais justo com ela e com as minhas emoções, é verdade que ainda não tive tempo de sentir muita coisa. Levei bem mais de uma hora até perceber o que tinha acontecido. Em dias de folga, certas coisas demoram. Quando abri os olhos, às onze e quarenta, ela não estava ao meu lado na cama. Nem cheguei a estranhar. Mesmo com a chuva, era muito provável que ela tivesse saído para comprar alguma coisa nos coreanos, consumida por um desejo repentino de devorar meio quilo de *kimchi*.

É o tipo de coisa que Stefanija costuma fazer quando imagina estar grávida, algo que acontece com uma regularidade constrangedora. Ela não tem um ciclo menstrual muito confiável, mas parece se esquecer disso sempre que ocorre o mínimo atraso. Percebo os sinais de alerta assim que ela começa a se empanturrar de comida étnica para depois passar o resto do dia esparramada no sofá, acariciando a barriga inchada com um olhar meio indolente.

Logo na primeira vez aprendi que a melhor política é o silêncio. Melhor não fazer perguntas ou arriscar qualquer comentário, por mais inofensivo ou encorajador que pareça. Como ela se recusa a ir ao ginecologista ou fazer qualquer espécie de teste quando se encontra nessa situação, às vezes a agonia, o mau humor e a comilança se arrastam por um mês inteiro. É uma forma peculiar de tensão não menstrual que só chega ao fim quando eu perco a paciência, tento transar e sou rechaçado sempre com a mesma frase: "hoje não, os comunistas voltaram ao poder". Nas primeiras três vezes eu ri.

Já era quase uma da tarde quando suspeitei que algo estava errado. Não foi o suficiente para me incomodar, porque ficar completamente sozinho em casa num dia de folga era uma sensação formidável. Nos últimos meses, até o silêncio de Stefanija andava me enervando. Só fiquei sabendo da verdade quando peguei o computador para conferir os e-mails.

Por um lado me surpreendi com sua presença de espírito. Ela sabia tanto quanto eu, talvez até melhor, que se tivesse cometido a decência de deixar um bilhete manuscrito eu certamente levaria alguns dias para encontrar. E se ela aparecesse na minha frente de malas prontas, anunciando que tudo estava terminado, seria ainda pior, porque:

a) eu já tinha perdido a habilidade cognitiva de realmente escutar as coisas que ela dizia. Tudo que escapava daquela boca chegava aos meus ouvidos como um espasmo brônquico de gato asmático; e

b) eu jamais levaria a sério, porque se existe algo de que Stefanija gosta ainda mais do que se imaginar grávida é ameaçar que está indo embora.

E assim, provavelmente imaginando que demonstrar me conhecer tão bem seria alguma declaração feminina de vitória final, ela simplesmente foi embora enquanto eu dormia, levando consigo roupas, cosméticos, notebook, celular e a bandeira da

Eslovênia. Entre as coisas que deixou para trás, somente uma calcinha dependurada no boxe do chuveiro chegou a me afetar. Um final estranhamente desprovido de dramas para um relacionamento de dois anos com uma jovem mulher eslava.

Precisei de uns minutos para absorver o anticlímax.

§§§

Quando as coisas parecem se encaixar, releio o e-mail.

De: Stefanija Markežič <joyjoy@craic.ie>
Para: Magnus Factor <magnus.factor@gmail.com>
Assunto: <sem assunto>

vc me tratou muito mau tomara q morra logo
stfeka

Erro de ortografia. Abreviações. Ausência de pontuação. Falta de linha de assunto. *Comic Sans* cor-de-rosa. O próprio apelido escrito errado. É tão caricato, tão esculpido sob medida para me afetar, que só pode ser proposital. Chego até a me lembrar dos motivos não carnais que tinham feito eu me apaixonar por ela, mas agora isso não tem muita utilidade.

Abandono a cama. Enquanto o chá fica pronto, frito dois ovos com três nacos carnudos de bacon e esquento no micro-ondas metade do conteúdo de uma lata de feijão com curry. Quando abro a geladeira, encontro apenas duas latas abertas de Druids e meio kebab que não me lembro de ter comprado. Jogo tudo fora e percebo que Stefanija levou o lixo para a rua antes de me abandonar.

Mastigo com cuidado. Molhando os últimos pedaços de bacon nos rastros deixados pelas gemas moles, decido escovar os

dentes logo depois de comer. Não tenho esse costume, a interação entre o gosto residual dos alimentos e a pasta me incomoda. Sinto o ímpeto de olhar para o copinho na pia e não sentir a mínima falta da escova roxa que ela também levou embora. Como eu imaginava, nunca um vazio foi tão satisfatório.
Duas da tarde. Parece que Stefanija não vai mesmo voltar. Entre outras coisas, isso significa que não preciso ter pressa em lavar a louça. Imprimo o e-mail e desligo o computador. No papel, as letras cor-de-rosa ficam quase ilegíveis. Vou até a cozinha e grudo o bilhete de despedida na porta da geladeira. Depois fico parado no meio da sala, olhando para as rachaduras num canto da parede. Como acontece em todos os finais de semana, os vizinhos tchecos se engalfinham numa discussão movida a ciúmes. Acusações raivosas e objetos variados parecem atravessar as paredes e quicar na minha cabeça ainda sonolenta.
Quando alugamos aquele apartamento, numa das inúmeras casas georgianas transformadas em condomínios perto da Mountjoy Square, não demoramos para entender por que o senhorio tinha nos proibido de pendurar qualquer coisa nas paredes. De tão finas, serviam apenas como divisórias de luxo.
Era verão. Eu estava meio grogue, caminhando pela casa de cuecas, admirando o contraste entre a pele muito branca de Stefanija e a calcinha preta de algodão que eu tinha comprado na loja de produtos brasileiros de Temple Bar. Bem menor que as calcinhas europeias, deixava evidente que mesmo tingindo os cabelos de preto ela não tinha como esconder que era loira. Ouvíamos com clareza o som da tevê do outro apartamento no mesmo andar. Os vizinhos assistiam a um *reality show* qualquer.

— Tem alguém aí? — berrei, abraçando Stefanija por trás e sentindo o ponto exato onde a curvatura final da espinha dava lugar ao volume da bunda que ela achava imensa.

— Oi, sejam bem-vindos! — respondeu uma voz com sotaque carregado, e todos caímos na gargalhada. Mais tarde Stefanija e eu passamos a noite fodendo e fazendo o máximo possível de estardalhaço. Foi a primeira vez que não usamos camisinha. Naqueles dias tudo era início. Tudo era bom.

Acalento minha barriga quase inexistente com dois tapinhas, coço o umbigo, me espreguiço sem muita pressa e depois sento no chão em frente à tevê. Pego o controle e começo a jogar *Radiant Silvergun*. Amanhã é domingo, o dia mais movimentado no trabalho. Lembranças existem para serem esquecidas, e sábados de folga passam mais rápido quando existem escores a serem melhorados.

§§§

Quando Satwan Singh começa a deslizar a navalha pela minha nuca, eu me sinto meio feminino. Saí mais cedo de casa porque tinha acordado com uma vontade incontornável de cortar o cabelo. Só agora, com o serviço quase terminado, lembrei que essa é uma das primeiras providências tomadas por uma mulher quando um relacionamento chega ao fim. Mau sinal. Para não chamar a atenção do barbeiro sikh, disfarço ao dar uma coçada no saco. Tudo certo. As bolas ainda estão no mesmo lugar. Relaxo os ombros. Exceto pelo sumiço de Stefka, o mundo continua em perfeita ordem.

Sempre que cruzo as portas do Salão McGyver, começo a me perguntar o que faz um sikh se tornar barbeiro. Satwan é um bom sujeito, com sua barba espessa, volumosa e geometricamente aparada, o cabelo comprido enrolado no topo da cabeça e escondido sob o turbante.

— Não é um turbante — ele me repreendeu certa vez, com ar magoado. — É um *dastar*. Não sou muçulmano nem hindu. Tivemos muitos problemas com os muçulmanos e os hindus.

Disso eu sabia muito bem, mas a nomenclatura diferente continuava me parecendo uma questão meramente semântica, um preciosismo tolo para um sikh que ganhava a vida fazendo nos outros aquilo que justamente não podia fazer consigo mesmo: cortar o cabelo e raspar a barba.

— Satwan — começo, encarando os ladrilhos gastos do piso. Ainda tento espantar o incômodo de estar me sentindo uma donzela de coração partido.

— Hm — ele resmunga, simpático.

— Diz uma coisa. O que faz um sikh se tornar barbeiro?

Satwan nem toma fôlego para responder.

— Todo sikh precisa ganhar a vida honestamente.

— Certo. Entendo — aquilo não era bem uma resposta. — Mas por que logo uma barbearia?

— Sou bom com lâminas.

— Ah — parecia razoável. — Mas isso não é contra a religião de vocês?

Nessa altura Satwan interrompe o trabalho e me encara pelo espelho. Colocando as mãos na cintura, inclina o corpo até deixar a cabeça bem ao lado da minha e pergunta, ainda olhando para o reflexo dos meus olhos:

— Você é sikh?

— Hã — hesito. — Não.

— Então a resposta é *não* — e volta ao trabalho, dando os últimos retoques com a navalha na minha nuca agora rígida.

Gosto dos sikhs.

§§§

Ainda não escureceu, e nenhum dos meus colegas tem o costume de chegar com muita antecedência no trabalho. Acendo um cigarro, apoio as costas numa das colunas do Correio e fico assistindo às manadas de colegiais católicas voltando para casa. De vez em quando me distraio com o bigode especialmente gigantesco de algum *pavee* que não troca de roupa desde 1972, mas meu foco sempre são as garotas.

Acho difícil entender o que leva os colégios católicos a impor esse tipo de uniforme às alunas. Imagino que o fetiche tenha nascido depois do uniforme, mas que se dane. É impossível imaginar um mundo onde adolescentes curvilíneas de saia plissada, camisa social, gravata e casaquinho não despertem intenções bem pouco cristãs. Gosto especialmente das colegiais imigrantes. Não que as irlandesas não sejam bonitas, só que a maioria costuma exagerar na maquiagem, aplicada desde cedo com a afobação de quem está começando a descobrir o poder que exerce sobre os homens. Mas nada supera as imigrantes. Uma chinesinha recém-chegada à Irlanda e à puberdade, embalada num uniforme católico, é um paradoxo tão delicioso quanto um cordeiro galês com molho *hoisin*.

Em meio às colegiais, aos *pavees*, aos turistas e ao resto do oceano de pessoas que escoa pela O'Connell no final da tarde, enxergo ao longe a maçaroca de cachos ruivos que reside na cabeça de Barry. Ele caminha sem a menor pressa, vestido com a habitual calça de tactel e um moletom listrado verde e branco, com capuz. De vez em quando esbarra num transeunte, aparentemente de propósito. Barry é nosso irlandês residente, peça fundamental do negócio. Nosso ramo são os tours por locais supostamente mal-assombrados de Dublin. Não é uma proposta muito original. Temos três concorrentes num raio de oitocentos metros e um deles, promovido pela Dublin Bus, é uma atração registrada em todos os guias turísticos. Somente o nosso diferencial nos protege contra a falência. Mostramos aos clientes uma Dublin assombrada secreta, com um roteiro exclusivo de paradas que não se repetem em nenhum dos outros tours da cidade.

Isso acontece, é claro, porque inventamos tudo nos mínimos detalhes. Criamos do zero as histórias que justificam cada passo de nosso tour. Não é tão difícil ou arriscado quanto parece à primeira vista. Nossos clientes são turistas, afinal de contas. E turistas não sabem nada sobre a cidade, especialmente o tipo de turista que se interessa por tours. Para a maioria deles Dublin significa U2 e bebedeira, nada mais. Para os mais pretensiosos também existe James Joyce, mas esses costumam se limitar aos *pub crawls* literários e não se interessam pelo serviço *lowbrow* que oferecemos. Quando resolvem conferir nossos roteiros, são fáceis de reconhecer pelo risinho indelével no canto da boca, que se sustenta por todas as paradas ou até que Barry tenha a chance de lhes conceder o que chama de "tratamento especial". Melhor não entrar em detalhes. Há também os turistas *wiccans*, em geral uma turma de maconheiros loucos para acreditar em qualquer bobagem que se passe por misticismo celta ou viking. Mas o grosso dos clientes é gente comum, turistas que querem apenas se divertir e engolem qualquer história, desde que bem contada.

É raro, mas às vezes algum dublinense tenta se inscrever. Sempre em vão. Para quem nasceu na Irlanda, nunca temos vagas. Quando algum deles escapa da peneira, Barry entra em ação. Como único irlandês da empresa, tem como principal função servir como lastro de verossimilhança para as histórias que inventamos. Ele nasceu em Cork ("na *República* de Cork", como sempre me corrige), mas mora em Dublin faz muitos anos e sabe imitar com perfeição o sotaque e os maneirismos da classe trabalhadora local. Quando um dublinense resolve questionar alguma das nossas histórias, Barry simula um ataque de fúria santa e metralha explicações que invariavelmente se iniciam com o bordão "meu avô, que Deus o tenha, sempre me contou que...". E funciona. Assistir a Barry defendendo as nossas mentiras é aceitar que São Patrício pode mesmo ter expulsado as serpentes da Irlanda na base da lábia. Até os espiões da concorrência, que às vezes se inscrevem para tentar descobrir nossos segredos, parecem se render assim que o testemunho atávico é invocado por um sardento falastrão. Na Irlanda do século XXI, o respeito aos anciões do clã ainda resiste.

Hoje Barry não parece nem um pouco satisfeito em me ver. Pede um cigarro, arranca o maço inteiro da minha mão ("tributo", rosna) e fulmina:

— Por que não veio trabalhar ontem? Cê sabe muito bem que domingo é um dia complicado, e ficou ainda pior sem a sua ajuda. Não atendeu o celular, não atendeu o telefone de casa. Qualé, imigrante? Fiquei sozinho com o Zbigniew, que nem fala inglês direito e só serve pra meter medo. Aí precisei ligar pro Seewo, que tava de folga e teve que vir às pressa e com uma cara de cu. E cê sabe melhor do que eu que esse preto não trabalha muito bem. Ele é meio retardado.

Eu pagaria muitos euros para saber as coisas que Barry fala a meu respeito quando não estou por perto.

— Explico mais tarde no pub. E olha, Barry, o Seewosagur não é negro. Você sabe muito bem. Ele veio das Ilhas Maurício, é de etnia urdu. Indianos não são negros.

— Ai ai ai. E onde é que fica essa ilha do Maurício, hein? Não é na África?

— No oceano Índico. Mas sim, é perto de Madagascar.

— Se fica perto de Madagascar, é África. Não me enrola. Olha, parcêro, quando meu pai tinha minha idade a população preta da Irlanda se resumia ao baixista do Thin Lizzy. Antes dele a única coisa escura que a gente tinha por aqui era a Guinness. Foi nesse ambiente que eu cresci e virei homem, então não me vem com essa conversa fiada de etnia e o caralho só porque agora esses político bichola enfiaram a gente nessa onda multicultural. Branco é branco, preto é preto e itinerante é itinerante, ponto final. E pra branco o Seewo não serve. Então sai fora. E vê se não me deixa na mão de novo, porra.

Barry tem um canino de ouro. Ficaria ridículo em qualquer outra pessoa.

— Eu tive bons motivos, cara. Juro.

— Tá bom então, parcêro. Acho que também vou matar trampo de vez em quando. Preciso mesmo de um tempo pra cuidar dos meus besouro, cê tá sabendo.

Nos últimos meses, Barry andava obcecado por uma nova ideia para ganhar dinheiro: criar besouros gigantes e vender para japoneses pela internet. No Japão tem muita gente que coleciona os bichinhos. Mas Barry não se satisfaz com uma simples criação de besouros, empreendimento que já estaria bem além de suas capacidades. O plano dele para enriquecer às custas dos colecionadores japoneses é cruzar espécies diferentes de besouros chifrudos. Tudo isso para criar variedades exóticas, que pretende vender a preços astronômicos.

— Deus do céu. Você ainda não tirou isso da cabeça? Barry, o que você entende de insetos? Acha que é simples? Vai fazer o quê, hein? Juntar um monte de besouros numa caixa de areia dentro do banheiro, apagar a luz, colocar "Sexual Healing" no *repeat* e promover uma orgia que vai render besouros nunca antes vistos? É esse mesmo o seu plano?

— Mas deixa de ser idjota, parcêro. Eu cresci jogando Game Boy, porra. Pokémon me ensinou tudo que alguém precisa saber sobre esse negócio de criar bicho estranho.

Pronto. Com Barry, qualquer discussão acaba mencionando games. Não posso reclamar.

— Pokémon. Que piada. Já falei mil vezes que os únicos jogos que importam são os *shmups*, Barry. Especialmente na categoria *bullet hell*.

Uma careta.

— Lá vem. Cê sempre começa com esses jogo de navinha. Sai fora. Nintendo ou nada.
— Sim, Bartholomew. Nada supera a pureza dos *shmups*. Esquece um pouco essa obsessão por encanadores italianos saltitantes.
— Ei. *Eeei* — ele espeta minha clavícula com o indicador em riste. — Mais respeito com as criação de Shigeru Miyamoto. Guarda as blasfêmia pros seus parcêro de sodomia lá do Fibber Magees, ô metaleiro sujo.
Metaleiro. Essa é nova.
— Cala a boca, Barry. Presta atenção. Num *bullet hell* você controla uma nave minúscula contra ondas intermináveis de inimigos. Está cercado por todos os lados de enxurradas de balas que parecem impenetráveis, inescapáveis. Mas sempre existe uma maneira de driblar e vencer os inimigos e suas armas. O segredo está em manter a calma e saber que os leques sucessivos de projéteis nunca são tão letais quanto parecem. Basta descobrir a margem de manobra possível dentro do sistema de colisão de cada jogo. Depois que você domina essa mecânica e descobre a melhor maneira de lidar com o arsenal à sua disposição, o jogo perdeu. Tudo que resta é continuar jogando todos os dias em busca de escores cada vez mais altos até cansar, para então partir para outro jogo. E a vida é isso, Barry.
Ele fica uns quarenta e cinco segundos imóvel, de boca aberta. Tem uma expressão de agonia nos olhos. Nem pisca. De repente funga com tanta força que tenho a impressão que a cabeça dele vai implodir.
— Jesuis — escarra na calçada, a menos de um centímetro dos meus pés. — Essa foi a comparação mais idjota que eu já ouvi em toda a minha vida. Mas o recado foi entendido. Agora sai da minha frente, ô imigrante vagabundo.
Barry é tão esperto que sabe direitinho como se fazer de

burro. Alguns minutos depois Zbigniew aparece, careca e rosado, como sempre dando a impressão de estar fazendo um esforço sobre-humano para impelir o corpanzil adiante. Quando nos enxerga, acena e ensaia um meio sorriso. Nosso polonês tem dois metros de altura, pesa no mínimo cento e cinquenta quilos e compõe com Seewo a metade da equipe que não dá a mínima para games. Obcecado por pestes, pragas e todo tipo de epidemias, vive ruminando teorias aparentemente muito intrincadas a respeito de algumas delas. Infelizmente, por conta do seu curto vocabulário em inglês de sotaque eslavo, nunca conseguiu nos transmitir muita coisa além de entusiasmo.

Anoitece e as horas seguintes seguem a partitura habitual: os trouxas da noite chegam na hora marcada, levamos todo mundo para passear em nossa terra de faz de conta e pronto. Missão cumprida e euros no bolso. Ao fim do expediente, como todos na cidade, vamos encher a cara em nosso pub favorito.

§§§

Hairy Lemon lotado. Encaro meio lerdo as bicicletas dependuradas numa das paredes que consigo enxergar. Cacarejos femininos, rosnados masculinos, rúgbi na televisão. Na minha frente, um prato de linguiça com fritas pela metade e um *pint* de Guinness, ainda intocado. Quinta rodada. Três *pints* é a medida aproximada da quantidade de álcool necessária para invocar o gênio da autopiedade. Tento distrair sua presença passando por cima do ruído ambiente para prestar atenção nas palavras dos meus companheiros de mesa.

— Dupla penetração. Dupla penetração é a tendência, parcêro. Agora quase toda a mulherada aceita experimentar, não é mais tabu. Senhor Deus Todo-Poderoso, muito obrigado pela rede mundial de computador.

Segundo a teoria de Barry, o acesso instantâneo às mais variadas modalidades de pornografia promovido pela internet aumentou de forma estratosférica o nível de aceitação das mais variadas modalidades sexuais. Num mundo onde a coprofagia informal e as surubas entre pessoas vestidas como animais felpudos estão a um clique de distância, nada mais parece estranho. Nada mais parece novo. E o tédio, como se sabe, é o primeiro degrau na escadaria da perversão.

Lembro de Stefanija tentando me convencer a fazer suíngue. Dias e mais dias buzinando meus ouvidos com toda espécie de argumentos, tentando me dobrar ao que lhe parecia "bem emocionante", "uma aventura", essas coisas de mulher. Minha resistência estava, acima de tudo, relacionada a uma preocupação com os efeitos negativos que a presença de outro homem poderia causar no meu desempenho sexual, mas pelo menos era uma razão concreta. Concretudes não funcionavam com Stefka. Quando enfim cedi, ainda não totalmente à vontade com a ideia, ela respondeu com um tapa de mão aberta na minha bochecha direita. Depois vieram a choradeira e as reclamações: você não me ama de verdade, não me dá valor, quer que eu me entregue para qualquer um. "Entregar." Verbo mais Stefkiano, impossível.

— Sorte sua, parcêro — Barry comenta quando acabo contando que Stefanija tinha ido embora. — Mulher só estressa o ambiente.

Stefka não gostava nem um pouco de Barry, e se recusava a fazer qualquer programa em que ele estivesse presente. Isso dificultava bastante a minha vida, porque ele é a coisa mais próxima que eu tenho de um melhor amigo em Dublin. Somos bastante diferentes, reconheço, mas na vida existem duas alternativas. Ou prestamos atenção naquilo que nos separa dos outros, ou resolvemos prestar atenção nas coisas que nos unem. Tento me concentrar na segunda opção. Talvez eu seja masoquista.

— Mas será que foi mesmo uma coisa boa, Barry? — insisto.

Barry quase cospe a cerveja em cima de Zbigniew, que sugeria pela milésima vez que fôssemos comer peixe com fritas.

— Se foi bom? — ri com a boca escancarada. — Numa palavra só? Sim. Em duas? Sim, porra.

Olho para a placa na parede do pub. HOJE É O AMANHÃ QUE ONTEM NOS PREOCUPAVA, E TUDO VAI BEM. Já fazia algum tempo que Stefanija tinha abandonado o emprego de garçonete e se tornado *lapdancer*, ganhando cinco vezes mais. As funções laborais se resumiam ao óbvio: dançar e ocasionalmente se esfregar seminua em clientes inteiramente vestidos. A coisa toda raramente ultrapassava dez minutos. Pelo menos era o que ela me garantia. Barry tinha me convidado várias vezes para fazer uma visita surpresa à LaPetite, boate onde ela trabalhava, para confirmar *in loco* como as coisas funcionavam. Jamais aceitei. Ciúmes nunca fizeram muito sentido para mim. Se Stefka dizia que aquela era a verdade, por mim tudo bem. Num dia de tédio conferi o site do lugar e descobri que ela usava "Joy" como pseudônimo. Não resisti a comentar que aquilo parecia nome de égua premiada, e isso me rendeu três semanas e meia sem sexo nem paz doméstica.

— Sabe o que seria mesmo do caralho? — Barry me trouxe de volta para o pub com um cutucão no ombro. — Um rifle com mira telescópica e algum esquema de realidade virtual. Aí dava pra subir num prédio qualquer e sair atirando em todo mundo sem na verdade matar ninguém. Pela mira ia dar pra ver o cara desabando na calçada, todo encharcado de sangue, enquanto na verdade o corno continuaria bem vivinho. Com mais uns fone de ouvido o negócio ia ser perfeito. Ia dar até pra ouvir os tiro, os grito do pessoal na rua. O problema é que se algum idjota enxergasse você lá em cima é certo que ia chamar os *gardaí*, daí a diversão ia acabar na cadeia.

— Ou no caixão — sugiro.

— Peixe com fritas? — insiste Zbigniew, ignorando a conversa e por sua vez sendo ignorado por todos nós. Barry continua em chamas.

— Sabe por que não existe irlandesa bonita? — pergunta, com o dedo em riste. — Tudo culpa dos viking, parcêro. Levaram todas pra Islândia, pra se reproduzir com eles por lá. E olha que mesmo assim os islandês saíram com aquelas fuça de cachorro vesgo. Se liga na cara da Björk! — Barry esmurra a mesa com tanta força que quase derruba todos os *pints*. — E ela também não é muito certa da cabeça, né. Mas enfim, os viking levaram nossas gostosa e sobrou só esse monte de gorda bêbada. É por isso que meu negócio é outro. Tô no ramo da buça estrangeira. Cê também tem irmã, criôlo?

Certo. Um homem sensível sabe a hora de voltar para casa. Levanto e tento me despedir, mas Barry está concentrado em fazer perguntas sobre a irmã inexistente de Seewo, que reage com o bom humor de sempre. Zbigniew parece alheio a mim, à mesa e ao pub inteiro, provavelmente ocupado com a visualização de uma cordilheira de peixe com fritas. Bebo o que ainda resta do *pint*, dou de ombros e saio.

Como é barato andar de táxi em Dublin. Acho que nunca vou me acostumar.

A menina estava no meio da estrada, os dois anunciaram a Demetrius assim que chegaram na casa da Família. Ela pediu uma carona e a gente deu, Oisín explicou enquanto Ciara dizia que a menina queria ir para bem longe até chegar em uma montanha gelada. Eu ouvi isso através da porta e parei a meditação vespertina e desci as escadas até o primeiro andar e olhei para a menina e vi que era alta e magra e comprida e com cabelo liso e castanho bem escuro e cílios bem longos. Cheguei mais perto e eles disseram Oi, Siobhán e eu nem falei nada e perguntei baixinho no ouvido da menina Tem celular? Eles mandaram você jogar fora o celular? É proibido entrar com celulares na casa de número sete de Asgard Road, eu expliquei. São pontos de contato, aparelhos localizadores, antenas transmissoras para a Confederação Galáctica. E nós, menina, nós somos os inimigos ancestrais da Confederação Galáctica. Nós somos as Serpentes, a raça gelada da Ursa Maior, os ofídios gnósticos, os filhos da cobra do Jardim do Éden, os encantados dos sídhe, as crianças sonhadas por Crom Cruach. Entende do que estou falando? eu quero saber e a menina me olha meio dura e os cílios parecem arame farpado mas encaro com a outra visão e a aura dela não está agressiva e é bonita e tem muito azul e chamas douradas e dourado é a cor dos Ofídios. Quando a criatura descende de Marte que é um planeta neutro e está tomada pela emoção raiva tem vermelho e negro e quando é da raça dos escravos dos Homens Grandes de Órion só se enxerga um cinza muito opaco e quando é da Confederação o olho que vê a aura se enche de violeta que é a cor do Inimigo segundo nosso mestre Demetrius Vindaloo, que cruzou o rio da percepção comum e foi além, muito além. Quando eu cheguei na casa número sete de Asgard Road, nossa casa e lar da Família, Demetrius me disse vem cá, senta aqui, me chamando pelo meu nome cristista que eu ainda nem tinha falado a ele qual era. Foi o segundo sinal. O primeiro sinal aconteceu quando eu vi Demetrius na rua e eu ainda estava com o véu sobre todos os meus olhos mas quando enxerguei Demetrius saindo da St. Georges Arcade e atravessando a rua movimentada até parar na frente do Hospital de Bonecas e Ursinhos foi o vislumbre de uma claridade muito forte, um facho direto de luz, um raio intenso de sol sendo filtrado por um pano muito grosso e eu sabia que emanava dele e que era o Lúmen ainda que eu não soubesse que tinha esse nome. E depois disso eu falei com Demetrius e ele me chamou para Howth e viemos para Asgard Road e entramos na casa de número sete e depois que ele me chamou pelo meu nome cristista que eu não tinha falado em momento algum nós fizemos um exercício, o exercício do primeiro passo da imunização, o primeiro erguer dos panos que encobrem as visões. Demetrius me chamou e ficamos sentados de frente um para o outro com os joelhos se encostando e os olhos fixos nos olhos do outro e não era permitido piscar nem desviar os olhos nem deixar a atenção se dissipar, concentração total e completa nos olhos do outro, no fundo dos olhos do outro e em tudo que se podia conhecer a partir dos olhos do outro. E nessa noite ele me batizou de Siobhán e depois eu comi meu primeiro pedacinho do Salmão do Conhecimento e dormi na casa de Asgard Road e tive meu primeiro sonho com os Homens Grandes de Órion. Esse foi o terceiro sinal, o último que eu precisava para entender e decidir que tinha que me entregar à verdade de Demetrius Vindaloo, que cruzou o rio da percepção comum e foi além, muito além. No sonho o Homem Grande ficava parado na minha frente e não me olhava nem reconhecia minha presença e nem parecia estar fazendo qualquer coisa, mas eu me sentia presa e não conseguia sair e nem me mexer e nem respirar direito e então olhei para os lados e vi frutas que conhecia em cores que nunca tinha visto, cachos de uvas muito amarelas e maçãs tão azuis que pareciam pintadinhas à mão e amoras de uma cor que não existe em nosso planeta Tellos e na dimensão que ele ocupa, uma cor chamada octarina, e me vi rodeada dessas frutas em uma floresta e eu estava em cima de uma árvore, uma árvore carregada das maçãs azuis, e enquanto eu tentava entender tudo aquilo o Homem Grande começou a vibrar e a zunir e a emitir um som contínuo, mecânico, ensurdecedor, e levantou o braço apontando o dedo para mim, que ainda estava em cima da árvore. Não disse nada, o Homem Grande, mas eu entendi no mesmo instante o que ele queria de mim, o que ele buscava, qual era a intenção dele ao me visitar daquele jeito e naquela forma. Ele queria me emprenhar e me usar como receptáculo da Semente Cósmica e me preencher com um filho dos Homens Grandes de Órion, que ia crescer dentro do meu corpo e em três meses estaria pronto para ser parido e depois que saísse para o mundo cresceria na velocidade dos Homens Grandes de Órion e em cinco dos nossos anos já estaria maduro e também pronto para semear, fertilizar, inserir a nódoa e fazer todas as coisas que eles fazem em todas as partes do cosmos onde eles se manifestam querendo dominar o universo inteiro. Mas eu me neguei e ainda toda paralisada senti uma grande angústia, um mal-estar, e disse a ele que não, que só queria voltar para casa, para o meu lar, e eu não sabia ainda qual era o meu lar mas no sonho eu falei. Então acordei e estava de volta ao nosso planeta Tellos e nosso mestre Demetrius Vindaloo pairava sobre mim na cama vestido de céu, despido de roupas e de sujeira e de maldade e eu ainda repetia em voz alta Uvas. Maçãs azuis. Homem Grande de Órion? O que você quer comigo, Homem Grande de Órion? Um bebê? Um bebê! Eu quero voltar para casa, quero voltar para a Ursa Maior. Uvas. E eu não parava nunca de repetir essas palavras, até que Demetrius encostou a mão sobre a minha testa e o toque ardeu e queimou e senti a minha pele sendo arrancada e ao mesmo tempo os panos que cobriam todos os meus olhos e a minha visão verdadeira e então eu pude enfim ver e enxergar da maneira correta. Comecei a falar do sonho mas Demetrius me disse Nunca mais conte sonhos para mim ou para ninguém e eu obedeci e nunca mais deixei a casa número sete de Asgard Road e a Família, que é o nosso lar, e nunca mais me afastei da presença de nosso Pai Mensageiro cósmico e terrestre, esotérico e exotérico, interno e externo, transcendente e imanente, nosso mestre Demetrius Vindaloo, que cruzou o rio da percepção comum e foi além, muito além. Agora a menina tinha subido com ele para o andar de cima, imagino que para passar pela mesma primeira meditação que eu no dia da minha chegada. Devem estar com os joelhos encostados e as auras uma sobre a outra e estou feliz por ter mais uma pessoa aqui porque é de nós que o mundo, o universo inteiro, a imensidão do cosmos precisam. Caminhei até a cozinha atrás do cheiro e Oisín e Ciara estavam sentados na mesa tomando chá e comendo torradas e Deirdre também estava com eles e bem quando entrei ela estava dizendo assim Eu ainda morava com aqueles hippies neopagãos e ele me achou na O'Connell protestando contra as obras em Tara. Ciara pergunta se isso tinha sido na mesma época que ela usava a droga cocaína com seringas ou se ela já tinha parado com isso nessa época e Deirdre responde que com os neopagãos ela tomava chás com as plantas da religião bruxaria e voava todas as noites mas que às vezes também fugia e voltava para reencontrar os conhecidos da época das seringas e usava a droga cocaína com eles dentro de casas abandonadas perto do hospital Rotunda e depois ficava andando e andando e andando pelo centro da cidade até não ter mais pernas e aí voltava para a comunidade dos neopagãos em Cabra e chorava e eles cuidavam dela e à noite ela tomava o chá com as plantas da religião bruxaria e começava tudo de novo. Só parou quando ela foi encontrada por Demetrius e todos na Família se lembram muito bem de quando foram encontrados por Demetrius e a menina nova também vai lembrar, mesmo que ela tenha sido encontrada primeiro por Ciara e Oisín. Tomo um gole do chá e me dá vontade de cuspir e penso que sempre colocam muito açúcar e pouco leite e eu não acho isso correto porque ao contrário fica melhor. Escuto os gritos de uma gaivota mas ainda não sei entender o que ela diz e olho pela janela e vejo várias gaivotas costurando o céu em zigue-zague mas também ainda não sei compreender esse padrão e fico olhando para o mar meio verde e meio cinza e pensando em tudo que ainda preciso aprender até o dia que vou atingir o último estágio do Lúmen Serpentino. Oisín está dizendo que agora vão mesmo precisar dessa menina porque Ciara não pode mais fazer o que tinha de ser feito e começo a sentir tontura porque não reconheço o padrão que ele verbaliza nem entendo do que está falando e então Deirdre se levanta da mesa sacudindo a cabeça como quem deixou a emoção raiva surgir e confiro a aura dela e está toda vermelha e pontiaguda. Ciara e Oisín se olham na mesa e baixam a cabeça mas Oisín tem um risinho por baixo da máscara de carne que esconde seu rosto de réptil, um riso que talvez somente eu consiga enxergar só que também não compreendo por inteiro esses padrões e esses movimentos todos, é um momento difícil e então convido todos para cantarem e começo a cantar o hino dos Ofídios Gnósticos que fala sobre a luta contra a Confederação Galáctica e a vitória final no dia da Arrebatação e eles me olham sem dizer nada e ficam assim até o final do hino e depois eu saio da cozinha e me sento em uma cadeira na sala de costas para a janela. Fico imóvel e curvada como uma das gárgulas da igreja grande ali subindo a rua, amanhã bem cedinho quero levar a menina nova até lá para ver, acho que ela vai gostar porque ouvi ela dizendo que nasceu e morou a vida inteira em Dublin e nunca tinha vindo para Howth e então sei que nunca viu as gárgulas. Elas ficam do lado de fora do templo com aqueles rostos congelados em caretas de ameaça e o corpo todo transformado em pedra e rígido para sempre por amor ao dever de assustar as coisas ruins e os demônios e a imundície e impedir que entrem dentro do espaço sagrado. Assim como em nome dos Ofídios Gnósticos nós da Família protegemos Tellos, o oásis azul-profundo do Sistema Solis, dos planos nefandos da Confederação Galáctica e de toda a maldade e perfídia do imperialismo espacial. Então também somos gárgulas e eu, Siobhán, sou a gárgula da casa número sete de Asgard Road, e protejo nosso Pai Mensageiro, detentor da peçonha que dissolve toda a mentira, luz da estrela pulsar na escuridão do universo. Estou quieta e estou atenta e os demônios não param de chegar de todas as partes da galáxia e estão vestidos de branco e são loiros e muito altos e têm a aura violeta do Inimigo. Vou ficar aqui sentinela silenciosa e guardar como gárgula a casa da Família e Demetrius Vindaloo e os meus irmãozinhos ofídios e até a menina que chegou hoje cedo, tão bonita e comprida e delicada. O Inimigo não vai entrar. Viva nosso Pai Mensageiro, viva a Senda do Lúmen Serpentino e a senda sinuosa que até ele nos leva.

§§§

O nome cristista da menina é Patricia, Patricia Heaney, e ela tem doze anos, quase treze, e eu lembro muito bem como é o mundo e como é ser uma menina com doze anos, quase treze. Ela me conta que foi isso mesmo, que ela estava parada no meio da estrada querendo ir para algum lugar, talvez para o norte, e depois passar para a Escócia e subir e ir subindo e subir ainda mais até chegar em uma montanha gelada para então subir até o alto e fazer alguma coisa que ela não contou porque talvez ainda não se ache pronta mas sei que sem demora vai me revelar. Estamos caminhando pelo cemitério ao redor da velha igreja porque é aqui que eu gosto de trazer as pessoas novas quando elas aparecem na casa número sete de Asgard Road e depois que têm a primeira meditação com Demetrius, não que apareça muita gente nova por aqui mas isso é bom. Poucos serão os chamados e raros os escolhidos são as exatas palavras de Demetrius Vindaloo, que cruzou o rio da percepção comum e foi além, muito além. A menina fica olhando para um urso de pelúcia pendurado em uma das lápides, um urso que deve ter sido branquinho ou marrom bem claro mas agora é cinza-escuro e o pelo parece estar sempre molhado e um dos olhos caiu e o bicho inteiro parece estar apodrecendo como as pessoas debaixo das lápides apodreceram muito tempo atrás ou nem tanto e às vezes o cheiro por aqui faz isso ficar ainda mais claro só que hoje não. Hoje tem uma lápide caída e é uma lápide grande que me faz pensar no animal crocodilo, que é réptil como nós mas é também um animal sonso que se deita na lama e mastiga ossos e chora, chora, chora enquanto engole a pasta que um dia foi o corpo da vítima.

Sorrio para a menina e mexo a cabeça um pouco para o lado mostrando o caminho que eu gostaria que ela fizesse comigo, mas sempre sem tocar porque não gosto de encostar a mão em ninguém nem que encostem em mim, menos nas meditações e apenas se o toque vier do Pai Mensageiro, porque nesse caso não é um toque físico, não é o tato do corpo, é uma coisa que vem da essência e desce do cosmos e passa por ele até chegar dentro de mim, é uma comunicação de duas vias, um toque sem tocar, mas é só assim que eu tolero e se for de qualquer outro modo me vem a emoção medo com a emoção raiva e me dá vontade de usar minhas unhas para arrancar os olhos de quem me toca, o que não é uma reação muito boa. Patricia caminha mais um pouco e entra nas ruínas da igreja e se senta no banquinho e me olha e levanta e caminha até mais perto de mim e depois fica olhando para as ondas lá embaixo, como eu sempre faço enquanto penso no Lúmen Serpentino, e eu paro ao lado dela e também fico olhando e não digo mais nada, apenas penso bem-vinda, menina, bem-vinda à Família e à casa número sete de Asgard Road. Ontem passei uma noite de gárgula no nicho do corredor e agora entendo o que Oisín e Ciara estavam dizendo para Deirdre mesmo que não tenham me dito ou falado ou revelado ou compartilhado nada além do que foi dito naquela hora, era só prestar atenção e esperar e montar guarda e então saber. Se eu estou certa e calha que sempre estou, bem-vinda mais uma vez, menina Patricia, pois mesmo ainda não tendo comungado do Salmão do Conhecimento e mesmo ainda sem um nome celta concedido por Crom Cruach e mesmo sem ainda ter sido tocada pelo veneno ofídio santo que não mata mas purifica quem vai salvar o nosso mundo da degeneração é você.

Stefanija foi embora e isso me deixou completamente transtornado.

Mudar para melhor é uma coisa. Deixar o que está ruim para trás? Abandonar alguma coisa que incomoda? Renunciar ao que prejudica? Acho tudo isso ótimo. Mas mudar por mudar, e ainda por cima assim de repente, não faz muito sentido. Atrapalha a rotina, cria problemas inesperados, atrasa o almoço. Fico remoendo os últimos dias que passei com Stefka e procurando indícios de qualquer coisa mais errada que o normal, mas só encontro motivos para me envergonhar de mim mesmo. Penso na sorte de quem consegue viver sem ficar arquivando para futura análise tudo que vê, cheira, prova, escuta, toca, pensa ou sente. Eu trocaria isso pela chance de viver as coisas no instante em que me acontecem, e não uma semana depois. Ou um mês. Ou uma vida inteira.

Passei uns dias considerando a ideia de aparecer sem aviso na LaPetite, como Barry tinha me sugerido tantas vezes no passado, mas fiquei satisfeito ao ver que ainda me sobrou algum senso de ridículo. Aí continuei por umas semanas com minha rotina de sair de casa para o trabalho e vice-versa, fazendo de conta que nada tinha acontecido, e estaria fazendo isso até agora. Só que agora eu tenho Laura, e quando as coisas mudaram por causa dela eu consegui encontrar um arremedo de motivação. E isso já é melhor do que nada.

Dublin é uma excelente cidade para se deixar para trás, e minha intenção era precisamente essa no dia que encontrei Laura pela primeira vez. Queria me sentir distante do ar abafado, da sujeira, da sensação de estar eternamente misturado com a multidão que fervilha a qualquer hora do dia pelo centro da cidade, pelas ruas arcaicas e cheias de descaso que jogam séculos de história na cara dos passantes e recebem de volta a mesma indiferença. A multidão só entende o fluxo, o movimento. Mas no contexto, isso é até saudável. Se alguém para e fica olhando um cara igual ao Miles Davis tocando trompete na ponte da O'Connell e desvia o olhar para as águas cinzentas do Liffey e depois para o chão, onde enxerga uma placa com um trecho de Ulysses que se passa naquele exato ponto da cidade, e daí volta a olhar para a rua e enxerga uns brasileiros com uniforme de time de futebol gritando coisas naquela língua que só eles entendem, e assim por diante, quando acontece a toda hora, esse tipo de coisa desorienta. A multidão está certa. É melhor se unir aos lemingues e avançar sem medo nem esperança na direção da falésia. Melhor não parar nunca, seguir em frente e deixar Dublin para trás.

Mal entrei na estação e já me imaginei caminhando pelas ruas de Howth, a capital mundial do peixe com fritas, em mais um capítulo da busca pelo *pint* secreto. Dentro do trem, os adolescentes fumando no interior do vagão fechado e escarrando panquecas de muco no chão impediam que eu me esquecesse do centro de Dublin. E também do Barry, porque as duas coisas se misturam. Um dos garotos tinha no máximo doze anos, completava com um boné o eterno moletom com capuz e usava aqueles anéis ridículos feitos com moedas de ouro. Menos mal que desceram logo em Clontarf Road, a primeira parada. O casal de jovens sentado no banco da frente não fumava, não vestia moletom e não fazia barulho. Ficavam se olhando em silêncio por um tempo que arranhava os limites do constrangimento e então sorriam e desviavam o olhar. Quando começaram a usar as mãos entendi que eram surdos-mudos. O rosto da menina tinha as feições de quem tinha deixado havia pouco de ser filhote, e ela mascava chiclete de boca aberta sem perceber o barulho que isso fazia. Não era ruim, e não se parecia em nada com uma vaca ruminando. Ficava mais óbvio quando ela sorria e seguia mascando chiclete, olhando dentro das pupilas do namorado cheio de espinhas. Aquela boca escancarada produzia uma sinfonia de estalos molhados que, assim tão próximos e em conjunto com a dentição meio pontiaguda e muito branca, me concediam arrepios no saco. De repente o namorado deu o bote, mordendo de leve o pescoço da menina. Ela reagiu com um gritinho breve que arruinou de vez minha tentativa de parecer blasé. Foi algo completamente diferente do ruído que seria emitido na mesma situação por alguém que não fosse surdo-mudo. Não parecia humano, não tinha relação alguma com uma linguagem estruturada. Um ganido animalesco misturando surpresa, dor e prazer. Depois de testemunhar aquilo a uma distância de alguns centímetros, encontrar o *pint* secreto me pareceu ainda mais urgente.

Howth me recebeu com seu espaço aberto, o vento salgado, a gritaria das gaivotas e dos corvos e o ronco dos aviões de cauda verde da Aer Lingus voando baixo na direção do aeroporto, indo e voltando. Mesmo de fora, eu sentia que o mar cinzento estava gelado. Chegando mais perto do pub, rodeado de carros totalmente cobertos de merda de ave marinha, enxerguei a torre Martello com suas curvas de *muffin* e me senti voltando para algum lugar que não era minha casa, mas também não me oprimia. Entrei no pub e tomei meu lugar predileto, ao lado da janela que dá direto para o mar e para a ilhazinha das focas. Pedi o primeiro *pint*. Assim que ele chegou e tomei o primeiro gole, tudo se encaixou.

Estava terminando o terceiro *pint* quando um velho forte, com cara de lobo do mar, barba branca cerrada, gorro verde e nariz batatudo entrou no pub empurrando uma cadeira de rodas na qual havia um sujeito mais novo com paralisia cerebral, as mãos retorcidas cruzadas sobre o peito. O velho pediu um *pint* de *cider* e outro de Guinness, que logo chegaram acompanhados por uma jarra de água com gelo e três rodelas de limão. Tirou um canudinho do bolso, mergulhou na *cider* e aproximou o *pint* da boca do homem na cadeira de rodas, que sugou o canudinho. Então colocou o *pint* de volta sobre a mesa, tomou um gole da cerveja e recomeçou o processo. Fizeram isso até esvaziarem os *pints*, ao quê o velho pescador se levantou, emitiu um arroto sem discrição nem escândalo e foi embora, deixando o cara na cadeira de rodas sentado diante da mesa.

Não tocaram na jarra de água em momento algum.

Na volta para Dublin, meu nariz escorria tanto que eu não conseguia parar de fungar. Para não me sentir tão leproso, peguei um lugar num vagão quase vazio, exceto por dois sujeitos na outra ponta. Tinham todo jeito de turistas italianos: barbas curtas minuciosamente esculpidas, cheiro de colônia, roupas sem vincos, um ar indistinto de pederastia. Mas na parada de Kilbarrack uma garota bem jovem e morena, de rosto comprido e olhos imensos quase escondidos pela franja enorme do cabelo cor de Nutella, se sentou no banco que ficava de frente para o meu, mesmo com o vagão inteiro quase vazio.

Fiquei tentando segurar a respiração para não fungar tanto,

mas era quase impossível. Na visão periférica, enxerguei quando ela tirou um lenço do bolso e assoou o nariz com força, emitindo um som berrante digno de quem tem uma sirene de neblina instalada dentro do crânio. Funguei mais uma vez e ela respondeu com outro buzinaço da sirene. Olhei para cima e vi a garota colocando o lenço dentro do bolso da jaqueta vermelha de algum tecido sintético que imitava textura de couro. Subi mais um pouco o olhar, passei pelo nariz com uma argola muito delicada e quase invisível até nossos olhos se encontrarem. Então ela sorriu, um riso aberto, com a mandíbula inferior meio deslocada para um dos lados, quase deixando entrever a língua e a cavidade molhada da boca. Resisti dois segundos, olhei para o chão e fiquei ao mesmo tempo tentando:

a) não respirar, para não continuar fungando tanto; e

b) não mover mais a cabeça, para não correr o risco de enxergar aquele sorriso de novo.

Minhas orelhas ferviam. Decidi comprar um lenço assim que descesse do trem. Tentei enxergar para que lado os pés dela estavam virados, mas com a mochila no colo a tarefa se demonstrou impossível. Ela acionou mais uma vez a sirene nasal. Acompanhei suas mãos de dedos meio quadrados dobrando perfeitamente o lenço e o devolvendo ao bolso interno da jaqueta, e em seguida ela abriu a bolsa e retirou um livro fininho. *Fragmentos de uma antropologia anarquista*, dizia a capa. Foi minha deixa para sacar o portátil do bolso, tentar bater meu último recorde em *Nanostray* e seguir não fungando até o instante em que uma gota de muco transparente pingou na tela durante um momento de tensão.

Quando o trem chegou na minha parada, fingi mexer no celular quando percebi que a garota também estava saindo. Na estação, percebi que além de coxas e panturrilhas grossas ela tinha a cintura marcada e um pouco baixa, dando ao conjunto uma impressão curiosa mas agradável. Tentou enfiar o livro de volta na bolsa sem parar de caminhar, mas deixou cair no chão sem perceber e seguiu em frente. Na mesma hora eu disse "Ei!", ao quê ela olhou para trás e me viu agachado com uma cara de pateta e o livro na mão.

— Obrigada — ela disse. — Seria bem ruim perder esse livro.

— É tão bom assim?

— Ah, mais ou menos — ela abriu de novo aquele mesmo sorriso do trem, e fiquei um pouco decepcionado ao perceber que parecia mesmo ser um sorriso que ela usava em qualquer situação e não alguma tentativa de interação sensual. — Mas é que... espera, de onde você é?

— Meu sotaque é tão forte assim? — perguntei sem querer ouvir a resposta, e então contei de onde eu tinha vindo.

— Não tem muita gente do seu país por aqui, né.

— Pois é, eu gosto de ser pioneiro. Explorar novos territórios, essas coisas.

Disse isso olhando para as coxas dela e depois não consegui levantar os olhos. Não era a primeira vez que eu fantasiava reencontrar a adolescente de Parnell Square. Desde aquela manhã em que eu tinha conhecido Stefka, e já fazia dois anos, a garota saltitante se infiltrava no meu pensamento mesmo quando eu conhecia alguma outra mulher que não tinha objetivamente muitas coisas em comum com ela. Neste caso, a semelhança física entre as duas ficava um pouco abaixo dos quarenta por cento.

Depois que a paixão por Stefka se aplacou e morreu e tudo virou rotina, durante nossas fodas eu não conseguia deixar de ficar imaginando que era a adolescente que eu comia, ao invés da garçonete eslovena do Eddie Rockets por quem eu tinha me apaixonado naquela mesma data. Não era proposital e em boa parte das vezes eu nem queria que aquilo acontecesse, mas era impossível controlar. Especialmente quando eu tinha bebido um pouco, e fazia bastante tempo que eu bebia muito todos os dias. Às vezes, engolfado pelo álcool, eu passava minutos esquadrinhando o rosto tão familiar de Stefanija até que os traços perdessem os contornos e virassem uma tela em branco em que eu projetava as feições daquela garota perturbada que eu tinha visto apenas de relance, por no máximo uns dois minutos.

Voltei para casa com o nome Laura Cohen, um número gravado na agenda do celular e uma nova imagem marcada a laser no meu arquivo interno.

Tem punhetas que fazem o cara chorar.

§§§

— Chegou uma modernete aí querendo falar contigo, parcêro — anunciou Barry mostrando o canino de ouro enquanto eu estudava o mais novo roteiro do tour principal, com quatro atrações adicionais inventadas. — Cê anda fodendo menor de idade, imigrante safado?

Infelizmente a resposta era não, e eu também nem esperava que Laura voltasse a me procurar depois da segunda vez que nos vimos, quando marquei um encontro com ela na Grafton bem em frente da Tangier Lane para almoçarmos no Green. Foi uma ideia que me veio na hora, agi sem pensar e deu certo: telefonei e ela foi. Tangier Lane é o único lugar da área central de Dublin que fede a mijo e ao mesmo tempo nunca tem nenhum *junkie* sacolejando um copo de papel para pedir esmolas. É apenas um beco bem iluminado com algumas lixeiras, grades e paredes de tijolo.

Enquanto esperava, acompanhei o movimento de ioiô de uma senhora baixinha e gorducha, vestida de preto da cabeça aos pés com um bóton enorme e amarelo no peito e usando uma manta de tricô como capuz. Subia e descia a Grafton, alheia às pessoas desfilando diante das vitrines, aos músicos tocando em troca de moedas e aos dançarinos de flamenco. Carregava uma placa também preta, sobre a qual tinha colado a imagem de um feto no interior do útero e uma folha de papel com a inscrição manuscrita *Seja a voz da maioria silenciosa*. A careta que ela trazia no rosto mais parecia uma máscara de sofrimento, casando bem com os olhos de cenho franzido que não se focavam em lugar algum. Numa das mãos ela carregava uma bolsa vermelha e branca que parecia bastante pesada, e na outra um terço que dedilhava continuamente.

Às vezes a senhora parecia sair de dentro de si mesma. Olhava para os lados como se estivesse procurando alguém em especial ou buscando um olhar de reconhecimento, mas não reagiu nem retribuiu a nenhuma tentativa de contato visual feita por transeuntes. Quando passou diante de um caixa automático, um velho de blusão de lã verde, touca vermelha e a boca totalmente coberta por um bigode esverdeado e cinza como o mar da Irlanda gritou alguma coisa. A senhora não deu sinais de perceber a presença dele ou escutar o grito, e seguiu adiante no mesmo andor. O velho, por sua vez, continuou tagarelando sem parar no ouvido de todas as pessoas que paravam para fazer saques no caixa. A única palavra que distingui foi "beber", mas não me ficou claro se ele estava dizendo "vou beber", "não vou beber" ou algo totalmente diferente. O velho se apoiava num andador metálico e tinha umas coisas estranhas na canela, uma espécie de proteção de borracha que ia do tendão de aquiles ao joelho.

Laura mandou um SMS ("chgnd") e no minuto seguinte apareceu com nosso almoço, carregada com *wraps* e garrafas plásticas de Ribena. Fomos direto para o Green, procurando um local à sombra na beira do lago, e nem mencionei que eu só não considerava o sabor de groselha vencida da Ribena a coisa mais lamentável no universo das bebidas não alcoólicas porque existe Lucozade, a urina radioativa com açúcar. Assim que nos sentamos sobre o pano colorido que ela tirou da bolsa e estendeu sobre a grama, apareceu o primeiro *junkie*, vestido com um abrigo esportivo azul com detalhes em amarelo. Nem deu tempo de abrir as Ribenas.

— Boa tarde, distinto senhor. Olá, bela senhorita — ele começou, as palavras escorregando com preguiça pela língua cheia de aftas. — Odeio atrapalhar sua refeição, mas vejam bem, eu não tenho casa. Moro na rua. Então acabo forçado a isso. Por favor, poderiam me doar algum trocado?

Levou cinquenta centavos. Quando o quinto *junkie* apareceu, sem nem tirar o capuz mas também pedindo desculpas por interromper o almoço (devem aprender isso em algum curso, não pode ser), eu ainda não tinha terminado a primeira metade do *wrap* de frango jamaicano "feroz" (ao receber o pacote das mãos de Laura e ler o rótulo, perdoei a Ribena e recuperei minha crença em sua capacidade de fazer escolhas). Aquele *junkie* parecia ter sido bonito algum dia, quando ainda tinha todos os dentes. Antes que eu pudesse dizer alguma coisa Laura colocou as mãos nos ouvidos e gargarejou um *lalalalalalalalalalala* variando altura e tom. Subia bastante e baixava o volume de novo, mudava de tom, subia e baixava. Um fio de baba escorreu pelo queixo dela, que em seguida avançou para mais perto de mim e lambeu minha bochecha.

— Jesuis — disse o *junkie*, fazendo o sinal da cruz, e se afastou.

Laura recuperou a compostura na mesma hora e continuou agindo como se nada tivesse acontecido. Eu ainda sentia a saliva misturada com Ribena secando no meu rosto quando ela deu uma mordida em seu *wrap* vegano e disse, mastigando:

— Eu deixei o livro cair de propósito. Você sabe disso, né.

Eu não sabia. Eu nunca sei.

— Não — admiti, derrotado desde o primeiro segundo. — Por quê?

— Gostei de você no trem. Só isso. Achei que parecia uma boa pessoa.

Aquilo de novo. Uma vida inteira flutuando no miasma das boas pessoas, onde vivem os amigões e os eunucos.

— Mas não sou — protestei.

Laura deu mais uma mordida no *wrap*, mastigou bem e sem engolir aquela pasta encheu a boca com um gole da Ribena. Sempre achei isso um hábito detestável. Depois ficou me olhando como se estivesse diante de alguém com severos problemas de desenvolvimento cognitivo.

— Qualquer um que se declare uma boa pessoa não presta. Disso você sabe, né.

— Sei — respondi sem tomar fôlego, mas também não sabia.

Aí ela perguntou por que eu tinha resolvido ficar em Dublin. Todas as minhas tentativas de resposta ficaram entaladas, meu cérebro parecia estar com prisão de ventre. Não queria mencionar Stefka e muito menos a adolescente saltitante, que definitivamente não era Laura. Eu não reclamaria se fosse. Considerei mencionar o imperativo do milk-shake perfeito, mas temi que isso a fizesse não ter mais dúvidas sobre meus problemas mentais. Ela notou minha hesitação, provavelmente farejando também o cheiro doce e diarreico dos meus medos, e tentou me ajudar perguntando do que eu mais gostava na cidade. Nem pensei muito, para evitar me lembrar de que na verdade eu não gostava de Dublin e apenas estava lá porque era lá que eu estava, e fui respondendo o que me aparecia na cabeça:

— Gosto do jeito que o pessoal explica como chegar em algum lugar quando você pergunta na rua, especialmente ao norte do Liffey. O caminho sempre começa no pub mais próximo e termina no pub que fica mais perto de onde a pessoa quer che-

gar. Gosto também de ver nigerianos usando expressões dublinenses com aquele sotaque e a voz quase sempre grave e cavernosa. E adoro ver chineses falando "idjota".
E eu gostava mesmo dessas coisas. Demais. E do fato de a manteiga irlandesa estar sempre cremosa em qualquer estação do ano. Às vezes é bom verbalizar as coisas para descobrir, ou pelo menos tornar algo mais verdadeiro ao ser transformado em palavra. Especialmente palavras ditas a alguém. Laura perguntou se eu já tinha ido em Grangegorman. Nunca nem cheguei perto, respondi. Ela estendeu as duas mãos para a frente, com os dedos bem abertos, respirou fundo e desatou a falar arregalando os olhos que mesmo sem isso já eram enormes:

— É onde fica o St. Brendan's, o hospício. E ali perto tem um bordel. Mas não é como esses bordéis do centro, cheios de sei lá, eslovenas. É o bordel do Fred Maluco, onde só tem doida. Mas doida mesmo, né. Paciente do hospício. Não sei muito bem como ele faz isso, como consegue tirar as malucas do hospital, mas é o que acontece. Elas até dançam, tiram a roupa toda, é uma maravilha. E só custa trinta euros pra levar uma delas pro quarto.

A massa viscosa do *wrap* mastigado ficou tanto tempo parada sobre a minha língua que comecei a me incomodar com o peso. Fiz um esforço para engolir, mas a pasta empacou no meio da glote. Tomei um gole de Ribena com medo de me engasgar ainda mais e morrer asfixiado no meio do St. Stephen's Green, cercado de *junkies* com copos de papel cheios de moedas e gente comendo sanduíches de todo tipo, na frente de uma estudante de Antropologia de dezenove anos que eu mal conhecia. Mas com a ajuda do líquido abominável tudo desceu sem grandes protestos, e quando minha boca e minha língua enfim ficaram livres novamente tudo que consegui dizer foi:

— Mas pode isso?

Laura deu uma risada que só consigo classificar como gostosa, ainda que eu abomine usar esse termo para qualquer coisa que não possa ser comida.

— Claro que não — emitiu de novo a risada gostosa, batendo uma mão contra a outra para limpar os farelos. — Mas ele faz assim mesmo. Parece que a coisa toda começou como um serviço dos internos pros internos, sabe? Pros louquinhos transarem entre si. Porque maluco também sente tesão quando não está travado de tanto Haldol, né. Só que aí um pessoal de fora ficou sabendo e pronto. Hoje todo mundo sabe que o bordel existe, mas ninguém fala nada nem faz coisa alguma pra impedir. Deixam o Fred Maluco e as doidas dele em paz. E é isso, esse bordel dos malucos, a coisa que eu mais gosto em Dublin.

Terminados os *wraps*, seguimos de volta pela Grafton e nos separamos quando ela entrou no Trinity para assistir a uma aula e eu voltei para o escritório na O'Connell. Não nos falamos mais por algumas semanas, nem por SMS, e achei que as coisas iam ficar por aquilo mesmo. Mas ali estava ela de novo, aparecendo de surpresa com uma saia preta, meias de renda, botas de couro marrom-escuras, uma jaqueta de couro preta com detalhes cromados e uma echarpe roxa, dando uma das risadas gostosas assim que me enxerga e me convidando para ir com ela a uma reunião na faculdade no final da tarde.

Aceitei, claro.

§§§

No Trinity College a divisão do espaço entre os pássaros é bem clara: as gaivotas ficam grasnando em cima dos prédios enquanto os pombos gordos ciscam pelo chão. Estes últimos não se incomodam nem com o burburinho da Semana dos Calouros, quando o espaço central do campus, demarcado por prédios cinza-claros do século dezoito, é tomado por pós-adolescentes e uma infinidade de estandes, mesinhas e barracas representando todos os clubes estudantis da universidade. Imune à gritaria, um pombo sem dois dedos numa das patas procura por algo comestível em alguma fresta do calçamento de paralelepípedos. Pergunto a Laura se foi para aquilo que ela tinha me trazido até ali, ao que ela responde franzindo a testa e o nariz e emitindo um monossílabo rouco:

— Ãi.

Vamos caminhando. Sociedade de Aikidô. The Hist, O Clube Estudantil Mais Antigo do Mundo (1770). Clube de Ficção Científica. Sociedade Japonesa. Associação de Paintball. Círculo de Cineastas. Clube de Caiaque. Sociedade de Capoeira, exibindo um pendão jamaicano com o rosto de Che Guevara. Academia de Tênis de Mesa. Sociedade pela Igualdade entre Gêneros. Clube do Surfe, com uma cabaninha de madeira. Sociedade dos Alunos Maduros. União Cristã do Trinity College. Clube de Esgrima, sem ninguém, porque os sujeitos estão duelando pelo meio das outras barracas. Sociedade de Canto Coral. GAMERS!, estranhamente sem nenhum gordo. Sociedade de Dança. MathSoc, com panfletos que anunciam "almoço grátis". Grupo de Teatro Estudantil (oficial). Grupo de Teatro Estudantil (alternativo). Associação de Enxadristas, onde apenas uma menina magrinha com feições de esquilo parece ter uma noção básica de interação social. Clube de Tiro. The 200 Soc. Clube de Natação. Sociedade Afro-Caribenha. Federação Sapiossexual. Grupo de Judô. Sigma Society. Grupo de Ioga. Associação de Salto Ornamental. Sociedade de Encenação Histórica (Alta Idade Média). Clube dos Hackers, uma barraca preta com bandeira de pirata e também nenhum gordo, mas onde todos usam sobretudos e chapéus pretos. Clube de Alpinismo. Veganos Contra o Motor. Sociedade de Economia e Negócios, animada por loiras muito bronzeadas de sorrisos ofuscantes. Clube de Basquete. Sociedade de Encenação Histórica (Segunda Guerra Mundial), onde todos sem exceção estão vestidos como soldados alemães. Alunos Celíacos. Grêmio Literário, onde enfim os gordos aparecem. Sociedade de Arqueologia. TCD Poliamor. Círculo da Amizade Irlanda-Calmúquia, sem ninguém e nem ao menos um folheto explicando onde fica a tal Calmúquia. An Cennan Gaelach Colóiste na Tríonóide.

— Acorda pra vida, Magnus. É óbvio que o Trevo Negro não participa dessa bobagem burguesa — Laura desdenha quando passamos por uma espécie de arco encimado por algo que parece um campanário e enfim deixamos o burburinho para trás. Diante de nós, ao final da pequena trilha ladeada por árvores que ponteiam gramados cobertos de folhas secas e placas azuis com a inscrição *Ná gabh ar na faichí led'thoil*, um prédio baixo e antigo de tijolos vermelhos quebra a monotonia do cinza-claro circundante. Antes que eu pergunte, Laura responde "*Proibido pisar na grama*, Magnus" e me puxa pelo braço.

Sobre o arco de pedras claras que protege uma das portas de entrada, um número em algarismos romanos: XXIII. Na madeira da porta, uma placa mais recente, de plástico cor de vinho, traz a inscrição *Particular*. Laura aperta um botão no interfone, relativo ao número 23.2.02, e a porta se abre quase imediatamente sem nenhuma pergunta. Subimos dois lances de escadas sombrias e chegamos a outra porta, onde um cartaz exibe um leão rampante sem cabeça com três gotas de sangue jorrando do pescoço decepado. Debaixo dele, as letras T. N. com serifas muito agudas. Laura abre a porta e imediatamente uma nuvem de bolhas de sabão escapa para fora e estoura em nosso rosto. Ainda dá tempo de ouvir vozes debatendo alguma coisa com entusiasmo, mas assim que eu cruzo a porta o silêncio se instala. Um sujeito de paletó de tweed, na casa dos trinta anos de idade, se levanta da cadeira, aponta para mim e pergunta para Laura:

— E esse aí, quem é?

— Meu namorado — Laura me abraça por trás, espremendo os seios nas minhas costas e me criando uma necessidade urgente de arranjar algum lugar para sentar. — Achei o pobrezinho dormindo numa calçada em Dún Laoghaire.

— Laura, a gente confia em você, mas não acha que devíamos pelo menos promover uma votação sobre a presença de um estranho na reunião de hoje?

— Olha — digo, tentando não me mexer muito para evitar que Laura desgrude o corpo do meu. — Se vocês quiserem eu posso ir embora.

— Mas que diabos de sotaque é esse? De onde você é? — pergunta um magrinho de óculos, feições quadradas e penteado nervosamente milimétrico.

— Da Ilha de Páscoa, Tony — Laura responde por mim, me largando e expulsando o magrinho da cadeira.

— É, pelo formato da cabeça eu consigo entender os moais — comenta o primeiro. — Pode sentar. Se a Laura se responsabiliza por você, tudo bem. Não temos líderes por aqui, mas o voto dela tem peso especial por ser a única mulher do grupo.

— Viva o critério sexista — ela ri. — Magnus, esse senhor simpático é o Francis John. Ele é pederasta, pós-doutorando em ciência política e mora no campus mais ou menos desde o século dezenove. Essa criaturinha instável, com roupas passadas e cabelo cheio de modelador de penteado HF10/SF0 é o Tony, nosso pequeno animal com problemas de ansiedade.

E com essa breve formalidade, seguida pelo reinício dos debates ("como eu estava dizendo", diz um sujeito com sotaque alemão que mais tarde me foi apresentado como Professor Presunto, "a natureza é amoral e a civilização é imoral"), fui introduzido ao Trevo Negro, o clube de alunos que não é um clube de alunos e professa algo que Laura tentou me resumir como "anarquismo ontológico".

A primeira pessoa que me chamou a atenção foi um baixinho rechonchudo de olhos amendoados, cabelos negros e rosto muito plano, com as feições de quem tinha sido golpeado na cara com uma frigideira logo após o parto. Era o responsável pelo tal Círculo da Amizade Irlanda-Calmúquia, que estava ali com a intenção de fundir seu clube com o Trevo Negro para conseguir apoio a um projeto de traduzir a obra mais importante da literatura calmúquia para o gaélico irlandês. Mas o que realmente estava concentrando a atenção de todos naquele dia era a ideia de criar um plano para abalar o estado irlandês, por algum motivo que me escapou totalmente na hora e meia que passei ali dentro. Francis John insistia que a coisa mais óbvia seria sabotar uma corrida de galgos, que segundo ele seria um símbolo da acomodação da classe trabalhadora e do desperdício burguês, "além de toda a questão especista". Não entusiasmou muito os colegas.

Após uma fatia excruciante de tempo, enquanto Tony e um israelense barbudo que foi identificado como "O Espectro" discutiam as diferenças entre fascismo, totalitarismo e autoritarismo alheios ao debate principal sobre os sentidos ocultos do lema de Dublin (*A obediência dos cidadãos é a alegria da cidade*), Laura deu um tapinha na minha coxa e indicou a porta com a cabeça. Tudo indicava que uma mulher sensível também sabe a hora de voltar para casa.

Como é bom fazer amizades. Promessas, nem tanto.

Não, Demetrius. Não é assim, não olhe para eles desse jeito. Viu? Agora aquela mulher está devolvendo o olhar. Estabelecendo um circuito, Demetrius. E você sabe que ela está vendo um homem alto, com um corpo desequilibrado no qual o tórax em formato de pera dá a impressão de pertencer a uma pessoa e as pernas com zero por cento de gordura a outra. É isso que ela enxerga, Demetrius, enquanto sai da loja de peixe com fritas e você insiste em sustentar o circuito, buscando impor sua vontade sobre ela. Mas não é assim que funciona, e às vezes você parece se esquecer. Olhe bem. Ela não apenas está encarando como também dá alguns passos na direção desse homem desproporcional, de barriga imensa e pernas finas, com olhos muito próximos, testa ampla e cabelos negros escasseando no alto do crânio, mas que ainda tem fios longos o suficiente na parte de trás da cabeça para ostentar um rabo de cavalo que escorre até o meio das costas, preso por um elástico atoalhado preto e todo desfiado. Ela parou, Demetrius. Você viu? Mas continua encarando, e isso que você enxerga nos olhos dela talvez seja o início de uma palavra.

Você finalmente quebra o circuito, desvia os olhos para baixo e enxerga no final de uma das suas pernas a ponta de um pé esquerdo dentro de um sapato de bico fino virado ligeiramente para cima, remexendo as pedrinhas de cascalho no canteiro em frente à loja na Dame Street. O pé direito continua imóvel. Os sapatos são vermelhos, um pouco gastos, e parecem apertados. Ou são os pés que dão a impressão de ter um tamanho muito menor do que deveriam. Talvez eles tenham vindo de outra pessoa, Demetrius. Como as pernas e o tórax. Cada parte de um alguém diferente. Ela está percebendo tudo, mas parou de se mover. Você imagina que talvez ela esteja percebendo outros detalhes do homem, como as unhas compridas cortadas em cunha, pontiagudas. Ou a jaqueta de malha verde-clara, com zíper estragado. Venta pouco nessa manhã, mas faz frio o bastante para incomodar e deixar o dia parecendo ainda mais inerte em conjunto com a falta de nuvens que manchem de imundo o branco do céu. Você percebe que a mulher fica observando o homem tentando traçar padrões no cascalho com a ponta do pé. Ela vai falar, Demetrius. Você sabe disso. Você sente. Você tem meios para isso. Você não aquieta o pé. Você está pensando em erguer a cabeça e reativar o circuito quando esbarra de frente com a voz.

— Kevin — emite a dona da voz, uma mulher loira com os cabelos presos num coque. Você percebe que mesmo desbotada pelo tempo a cor do cabelo é natural. Ela está falando com você, Demetrius. Com você, que passou boa parte da vida reunindo coragem para falar com pessoas que não existem mais. Pessoas que diziam coisas como *Para obter o poder divino é preciso sodomizar um deus*. Acima de tudo um deus caolho. Essa mulher não sabe disso. Está condenada, como todos que estão longe da Senda do Lúmen Serpentino. Talvez tenha chegado a hora de ela saber, Demetrius. Fale com ela. Arme o circuito. Sustente o olhar. Ela veste um moletom azul com a inscrição CALIFORNIA SURF em letras de fôrma amarelas, desenhando um arco. Traz numa das mãos a sacola da loja de peixe com fritas, enquanto a outra se ocupa das chaves do carro. Hora de se afastar, Demetrius. Ela está condenada. Tudo está condenado. Você sabe. É preciso ir ao centro de poder do Eire, ao umbigo da ilha, e esperar pela Transmissão. Pelas instruções dos Ofídios. Vamos, Demetrius. Siga caminhando, entre no Dublin Castle. Você sabe o que deve ser feito. Não existe caminho, existe apenas este passo. Vamos.

— Kevin! — a mulher repete, e desta vez você a encara tentando focar a visão enquanto decide se coloca as mãos nos bolsos frontais da jaqueta ou nas laterais da calça preta de tecido sintético, com o logotipo fluorescente da marca esportiva. Você sabe por que ela está repetindo esse nome, Demetrius? Fique atento. O universo inteiro é um oceano de símbolos. É importante saber se manter na superfície ao invés de se afogar ou ser levado pelas correntes, e para isso é necessário estar atento aos padrões. Aquela insistência em repetir um nome está claramente formando um padrão, e desde o trabalho de Hermes Trismegistos nenhum habitante de Tellos pode duvidar que onde existem padrões, existe verdade. Você se aproxima da mulher e busca apreender sua aura e suas correntes vibratórias, inclinando o tórax para a frente. Mas não percebe nada digno de nota. Seu nome não é Kevin, Demetrius. Você se chama Demetrius, Demetrius Vindaloo, e você sou eu e somos tudo que existe.

— Kevin? — insiste a mulher por uma terceira vez, agora já nutrindo alguma dúvida, o que a faz abraçar a sacola da loja de peixe com fritas de modo quase imperceptível para quem está de fora e não consegue sentir nos seios o calor dos pequenos esquifes de papelão. Mas você tem a Empatia Teúrgica, e sente tudo em consonância com quem está inserido no circuito. Enfim você enxerga a aura, e é cinza opaca. Uma escrava dos Homens

Grandes de Órion. Inútil, portanto. Você para de olhar para a mulher e dá nove passos para trás com a cabeça voltada para cima. Nove, e mais nenhum. Como os nove dias desde a chegada de Patricia. Três vezes três, a trindade perfeita. E então você fica ali, olhando para o céu sem nuvens e sentindo as pessoas desviando de você na calçada. Você respira fundo nove vezes, dando atenção plena ao ato. O ar gelado entra pelo nariz, é aquecido e desce para os pulmões e então volta a sair quase como vapor. Em seguida você conta nove vezes. Dá nove giros de trezentos e sessenta graus sem sair do lugar, quarenta vezes nove, que se reduz a quatro. O número do Imperador e do quadrado perfeito. E pela gematria você sabe o que isso significa. Então você abre os olhos e a mulher não está mais lá. Foi dissolvida.

Você estala os dedos da mão esquerda três vezes e segue caminhando pela Dame Street até passar pelos portões do Dublin Castle. Segue em frente em direção ao jardim, com seu gramado circular decorado com um padrão celta de serpentes entrelaçadas. Ali ficava a lagoa negra que dá nome à cidade, *Dubhlinn*, de onde saíram os primeiros Ofídios a visitarem a ilha. Agora o que restou daquelas águas se esconde em galerias subterrâneas. Você sabe que se caminhar pelo padrão do gramado na ordem certa, algo se revelará. Mas mesmo sem uma Transmissão você será reenergizado, e isso basta. Aquele local de poder resiste a todas as tentativas de ruína impostas pelo Inimigo. Você se senta em um dos bancos que circundam o gramado com as serpentes e olha para o templo disfarçado de biblioteca construído bem ao lado. Batizado com o nome de um notório magista enoquiano disfarçado de empreendedor, Chester Beatty, abriga entre outros objetos religiosos o fragmento mais antigo que se conhece do Apocalipse. Você sabe muito bem o que os profanos pensam a respeito desse livro, Demetrius. Imaginam que tem algo de profético, que fala sobre o final dos tempos. Mas você sabe muito bem que se trata de uma alegoria do início da igreja católica, um libelo contra a entrada de gentios na seita. E o autor João do Apocalipse não é o autor João do Evangelho. Como o profeta cristista Jesus, certamente se tratava de um representante da Confederação Galáctica. Como todos os semitas, híbridos funestos de humanos com Homens Grandes de Órion. Abominações.

Foi ali, sobre a lagoa negra encoberta pelo círculo de grama entrecortada pelo padrão serpentino, que você acessou o Lúmen Serpentino pela primeira vez. Sua filha ainda era um bebê e você ainda morava com a menina impura e os pais dela. Você pisou ali e se sentiu de novo uma criança recém-nascida e sem memória. A memória serve para que você se esqueça de quem é, Demetrius. É um artefato do Inimigo. Quanto mais você se lembra, mais se esquece do que é natural e antigo e verdadeiro. E o olho com o qual a criança enxerga os Ofídios é o mesmo olho com que os Ofídios enxergam a criança. O olho puro e solitário de Crom Cruach. Mas sem demora esse olho é recoberto por memórias. E com as memórias vêm as opiniões. E com as opiniões, as preferências. E com elas, as abstrações. E por fim a chamada personalidade, a forma rígida dentro da qual a Confederação aprisiona os incontáveis seres que foram criados livres, mas que estão aprisionados em grilhões. Você já tinha suspeitado disso na infância, jogando Serpentes e Escadas. Mas foi naquela tarde, bem aqui no centro de poder da cidade, que você conseguiu se livrar disso, Demetrius. Você estava com sua filha no colo, caminhando pelo gramado e acompanhando o padrão das cobras. Sua filha ainda pequena e pura. Sem personalidade. O sol piscou no céu quase esverdeado e caiu sobre vocês dois, perfurando seu coração com a verdade do Lúmen Serpentino. E então veio uma dor de gozo. A beleza estranha do Lúmen, que não é uma lembrança do paraíso mas o paraíso em si, presente naquele momento. Que é para sempre, Demetrius. Você caiu de joelhos sobre o padrão de serpentes, ergueu sua filha para o alto com as duas mãos, na direção do sol, e começou a chorar. Depois deixou o bebê sorrindo banguela no meio do gramado, foi embora da Irlanda e desde então se dedica a peregrinar pela Europa para tornar imanente o Lúmen Serpentino, protegendo o planeta e libertando a todos do jugo da Confederação Galáctica. Por isso voltou para Dublin após receber uma Transmissão no interior da Bulgária. E logo no seu primeiro dia encontrou a casa abandonada em Howth, no final da rua sem saída, conforme as instruções precisas que tinha recebido dos Mais Antigos. Você forçou a porta e ali estavam as mesmas paredes rachadas que você tinha enxergado na Visão, o mesmo piso um pouco inclinado no segundo andar. Porque os Ofídios não descuidam dos seus soldados, e neste planeta o único responsável pelo combate à Confederação Galáctica é você, Demetrius. Você e sua Família, que são poucos e jovens, mas dedicados à causa reptiliana. Mas é difícil, e você sabe que a guerra em Tellos pode estar perdida.

    Veja o gato malhado e obeso se aproximando de você quase em linha reta, seguindo os contornos do calçamento e nunca pisando no gramado repleto de trevos. Antes o felino estava com as duas meninas que leem sentadas no murinho. O gato para na sua frente, espirra e continua andando até ressurgir por trás das garotas. Apenas a cabeça enorme e as patas. Ele alterna o olhar entre as duas e você, mais parecendo um diabrete. Outro sinal talvez, Demetrius. Mais atenção. Você está se perdendo. Refaça o circuito com o Ofídio Mais Secreto. Esqueça as gaivotas no telhado do castelo. Esqueça as cores vivas e destoantes das paredes. Esqueça a cortina imóvel na única janela aberta. Passe a se concentrar nos olhos de vidro e metal das serpentes. Veja crianças e mulheres de todas as idades não resistindo ao ímpeto de caminhar pelos padrões serpentinos, seguindo os imperativos das linhas de Ley. Uma mulher fica parada à beira do centro do poder mas também não se move. Perceba os traços, o nariz, a postura encurvada e o sorriso de usura. Abominação.

Agora também o gato malhado segue os padrões. Siga olhando por mais algum tempo e perceba que o pelo também possui manchas cinzentas além das pretas, enquanto o pescoço é branco. Três cores, é uma gata. As patas da frente são brancas e as traseiras são brancas até o joelho. Você se desconcentra com o surgimento de quatro jovens conversando com sotaque vagamente americano. Um garoto gordo de moletom e três meninas. Uma delas tem o cabelo muito preto e a pele muito branca, alta, de botas. É nova e cheia de curvas como Ciara. Ciara que era a esperança de Tellos e arruinou tudo ao deixar que Oisín rompesse sua membrana. Você confiou na continência de adolescentes, Demetrius. Imaginou que a promessa do Lúmen Serpentino e da redenção final de Tellos seria o bastante. Esqueceu que você mesmo não conseguia se controlar com a mesma idade. Esqueceu que sua filha nasceu por conta disso. Mas agora esqueça sua filha, Demetrius. Volte ao Mais Secreto. Busque a Transmissão, porque ela chegará com a solução final para o problema dos Homens Grandes de Órion. Esqueça Oisín e Ciara se aproximando com um misto de timidez e orgulho. O cheiro azedo dos hormônios transbordantes. As gotas de suor sobre o bigodinho de Oisín. As mãos compridas e desajeitadas que lembram raquetes de tênis. A vulgaridade precoce do corpo de Ciara, tentando seduzir antes mesmo que a intenção surgisse na consciência da menina. Uma Sheela na Gig escancarando a vulva com as duas mãos, controlada pela fertilidade. Agora é tarde, Demetrius. Mesmo ofídia, agora que perdeu a membrana, ela está nas mãos da natureza. Não pode mais servir de alimento a Crom Cruach, não será mais a responsável pela chegada do emissário dos Ofídios Superiores.

Mas Patricia ainda é pura. Caminhe até o centro do gramado, Demetrius. Diga em voz alta: *Patricia ainda é pura.* Caminhe pelos padrões serpentinos. Mais rápido. Patricia ainda é pura e tudo se resolverá em meio aos carvalhos da floresta de Glendalough. Os profanos gostam de dizer que São Patrício expulsou todas as serpentes da Irlanda e condenou Crom Cruach ao sono eterno, mas você sabe que essa é a maior mentira de todas no planeta Tellos. Nós ainda estamos aqui. Você ainda está aqui. Sua Família ainda está aqui. Venceremos. Caminhe mais rápido, não perca o traçado. Veja as pessoas se afastando, Demetrius Vindaloo. Não grite. Sustente o circuito com os Mais Antigos. Deixe a energia do Lúmen preencher suas células. Seja um canal. Seja o veículo reptiliano. Vibre. Patricia ainda é pura, e na noite do Samhain ela será transfigurada em oferenda. E o coração de São Valentim será queimado no caldeirão do Dagda antes do sacrifício final. E Crom Cruach enviará do altíssimo seu emissário com pele de lagarto e plumagem colorida. E nosso mundo será purificado. E a Confederação Galáctica nunca mais terá poder por aqui. Você está sentindo, Demetrius? Gargalhe. Você enxerga uma criatura de aura violeta apontar o dedo imundo na sua direção enquanto fala com um homem uniformizado de aura vermelha. Mas eles não podem fazer nada. Você se vestiu com a Armadura Herpetiforme e está pronto para a batalha final. Agora caia de joelhos mais uma vez. Bem no centro. Onde as serpentes dão um nó. Encha as mãos com grama e trevos e arranque tudo. Esfregue no rosto. Enfie na boca. Agora erga os braços e arme de uma vez por todas o circuito com o Ofídio Mais Secreto. Receba a Transmissão. Você que não tem nome. Que não é você. Que não tem você. Tudo está resolvido. Foi. Será. Pode rir. Podem rir. Podem vir.

O anjo mais feio de todos vai descer dos céus.

JESUIS
três meses atrás

Julho de 2009
Iúil 2009

Já vou dizendo que não acredito nesse negócio de deus, minha religião é louvar a empresa maravilhosa Nintendo. Acho que nem preciso falar mais nada sobre isso daí. Quem sabe, entende. E se cê discorda, parcêro, só posso lamentar. Também aprecio demais a função toda da manhã. Acordar, mijar de pau duro, escovar os dente. Tem uns dia em que tudo o que o cara precisa quando acorda é mijar de pau duro e dar uma boa escovada nos dente. Não que eu não faça isso todos os dia, mas fui ficando veio e entendi que tem umas hora na vida em que o melhor da vida é aquele gosto de começo que o cara só encontra dentro dos tubo de pasta de dente. Depois, claro, o negócio é ficar jogando um dos clássico. *Zelda 2*, que é o melhor de todos e todo mundo que discorda caminha por aí com uma cenoura enterrada na rabeta. *Pilotwings* quando tá chovendo. *Super Mario 3*, só pra me esconder atrás do cenário e me achar malandro. Era assim quando eu ainda morava na República de Cork, centro do cosmos e melhor lugar do mundo, e é assim até hoje. É bom demais aquele sorriso amarelo no espelho do banheiro, o gosto fresquinho, a espuma branca no canto da boca, depois limpar tudo bem direito. Agora que eu preciso sair da cama antes do almoço todos os dia pra cuidar daqueles tour de merda, o esquema de mijar de pau duro, escovar os dente e ficar uma meia hora jogando ficou ainda mais importante. Só depois desses três passo eu fico pronto pra espremer os cravo, bater uma punheta e um rango, sair pro trabalho e fazer tudo que rola na sequência. Uma coisa que eu aprendi com a idade é que a vida precisa ser assim. Uma coisa de cada vez.

    Lá em Cork tinha uma assistente social muito da gostosa. Desde o começo me liguei que a safada queria dar pra mim, o pobre menino dos bloco, sem rumo, com problema de álcool e outras droga com menos tradição aqui na ilha. Ela não me chamava de Barry nem de Bartholomew. Era "meu drogadinho" mesmo. Que escrota. Gente sem ética acaba com meu dia, parcêro. Uma vez peguei ela bem descarada olhando pro meu pau duro. É que eu tava muito a fim de mijar. Deixei ela curtir um pouco o visual, baixei o capuz do moletom e daí perguntei se ela queria que eu botasse o pau pra fora. Tremeu alguma coisa nas bochecha dela, mas a mulher fez que nem tinha ouvido nada. Levantou os óculos com o dedão e me intimou:

— Mas o que você quer da vida, afinal?

Porra nenhuma, eu respondi. Porra nenhuma. Não quero fazer porra nenhuma da vida e era isso. Mas e aí, cê vai continuar olhando desse jeito pro meu pau?

    Comi, e mais de uma vez. Mais de dez. Era bem boa de comer, a assistente social. Só que aí um dia ela noivou com um cara que tinha acabado de se formar em Computação, por sinal a mesma merda de curso que eu comecei na Universidade de Cork e larguei pra sempre na metade da terceira semana. Depois que ficou noiva a mulher começou com umas frescura de chorar depois que a gente fodia, era uma aporrinhação do caralho. Aí larguei. Larguei dela, dos meus velho, dos meus parcêro, da minha cidade, da vida que eu tinha em Cork. Subi pra Dublin e fiquei livre pra não fazer porra nenhuma. Não que eu odiasse essas coisa toda. Nem é por aí. A assistente social tinha uns peitão classe especial e chupava que nem uma sanguessuga, engargantava tudo. Meus velho eram uns inútil sem educação nenhuma, mas sempre fizeram de tudo pra mim. Meus parcêro eram um monte de bêbado gente boa. Minha cidade é o melhor lugar do universo e tinha cerveja barata em qualquer pub. Minha vida era só moleza. O ruim é que essas coisa toda me atrapalhavam. Pra falar a verdade, de vez em quando eu sentia uma vontade imbecil de fazer algo de útil com a minha vidinha, e isso é péssimo pra caralho. Aí cortei o mal pela raiz. Eu sou irlandês, porra. Sou um cara que tenho meus princípio.

Hoje eu sou empresário, virei mais um palhação do Tigre Celta. Não vou mentir que agora tenho uns objetivo nem nenhuma dessas merda de corno que faz faculdade, mas o cara precisa ganhar dinheiro de algum jeito se não nasceu com o furico recheado de ouro que nem essas bichola de Dublin 4. Vou fazer o quê, ficar pedindo esmola pra turista na Ha'penny? Sai fora. Ficar parado em vários lugar de Dublin é que nem ficar na frente de um pelotão de fuzilamento. Kilmainham Gaol o caralho, eu morro todo dia fuzilado por câmera de turista. Que gente mais escrota. Primeiro veio esse monte de imigrante, agora esses corno. Que se foda essa gente toda. Mas o país é bom, não tem lugar melhor na face da história. Só precisa mandar muita gente pra fora. Turista, imigrante, esses corno do governo. E todos os itinerante, claro, essa gente vagabunda que só sabe roubar e fazer amizade com cigano. Meu primeiro trabalho depois de subir pra Dublin foi entregar jornal. Eu morava lá pros lado de Portobello, ali perto de onde o canal ainda fede pra cacete. Tinha uns quarto barato e era um lugar decente fora o cheiro e as *junkie* grávida, porque taí uma coisa que eu nunca gostei de ver, mesmo quando é umas gostosinha. Porra, cê tá com uma criança no bucho, não faz sentido ficar chupando piroca pra comprar heroína. Mas os cara que entregavam jornal comigo eram muito engraçado. Naquela época, uns nove ano atrás, entregar jornal ainda não era coisa de imigrante safado. Até porque nem tinha tanto estrangeiro que nem agora. Era todo mundo irlandês mesmo, fora uns dois escocês. Até porque sempre tem escocês em qualquer lugar, né. Esses cara são foda. Mas acho que as melhor pessoa da face da história são os entregador de jornal, parcêro. A maioria é retardado pra caralho, mas isso nem chega a atrapalhar. Eles têm bom coração, tipo eu. Logo que comecei no trabalho, sem saber porra nenhuma, eles me sacanearam de começo mas também saíram me dando todas as dicas do serviço.

Era muito fácil, mas também era um pé no saco. Só que eu precisava da grana e não queria ficar sei lá, roubando carro na North Great Georges, então seguia driblando os cachorro e sacaneando os riquinho de merda que reclamavam quando eu arremessava o jornal direto no vidro das janela. Pode quebrar, eles diziam. Ah, é? Não me diz, parcêro. Jesuis. Como se eu não soubesse. Odeio quando me tiram pra idjota, e isso costuma acontecer mais do que eu gostaria. Um dia vou entender esse negócio daí. Agora tô morando aqui num sobrado perto dos prédio da Dominick com meu parcêro Stuart Escocês. Ele é gente boa, mas sei lá, é um pouco estranho pra caralho. Tenho a impressão de que o cara passa o dia inteiro de pau duro.

Hoje mesmo quando cheguei do centro ele tava no quintal, sentado numa cadeira reclinável verde e branca. Não tinha passado muito do meio-dia, o sol tava forte pra cacete de um jeito que quase nunca se vê por aqui e o Stuart ali, olhando pro nada. Perguntei o que tava fazendo, e ele:

— Esperando.

Jesuis. Acendi um cigarro e sentei na grama. Me distraí um pouco com umas formiga que tavam caminhando numa fila que não acabava nunca, parecia um monte de polonês indo trabalhar numa obra. Taí um bicho que é organizado, o Stuart falou uma vez, mas ali dava pra notar que não era em formiga que ele tava pensando. Nem em polonês.

— Mas esperando o quê, parcêro? — eu quis saber.

— Cê não tá vendo, porra?

Olhei na direção pra onde ele apontou e só enxerguei uma melancia. O cara tava ali, no único dia de calor verdadeiro na farsa que é o verão nessa cidade, olhando pruma melancia enorme no sol. Mas que merda, tomou umas coisa forte e nem me avisou que tinha.

— Claro que não, ô idjota.

Aí ele me explicou a ciência e a magia de ficar esquentando melancia no sol.

— Tem que deixar ali um tempo. Depois que fica bem molinha e quente cê pega uma faca, faz um buraco e mete gostoso. É igual mulher. Igual não. É melhor, porque não fica falando merda o tempo todo.

E ainda por cima não acaba com a sua grana, declarou, tirando um canivete do bolso.

— Opa, tá pronta.

Levantei, bati a sujeira do abrigo e tomei o rumo da cozinha. Eu precisava de uma cerva e o Stuart com certeza tava a fim de ficar sozinho com sua doce flor da Irlanda. Ou dos trópico, né. Sei lá eu onde se planta melancia, porra. Além do mais o Stuart nunca entende minhas piada, então é quase certo que ia me levar a mal se eu sugerisse um negocinho a três.

§§§

Mas porra, o Stuart tem sorte pra cacete. O pai dele era um desses *junkie* de merda que enfiavam agulha até no olho do cu pra injetar heroína. E isso era nos anos oitenta, daí claro que ele acabou pegando o vírus. Ficou todo aidético, cheio daquelas mancha na pele, emagreceu até ficar quase um esqueleto e morreu tossindo, deitado num beco do centro de Dundee. Nessa época o Escocês tinha sei lá, uns quatro ano. Daí passou uns mês e a mãe dele, que também era de ficar tomando nos cano e devia ser uma baita duma vagabunda, desceu pra Londres e nunca mais deu notícia. Deixou o pirralho dentro do apartamento no bloco com umas lata de feijão, um abridor de lata e um bilhete que o infeliz nem tinha como ler, porque né. Quatro ano.

No meio do segundo dia ele começou a berrar de fome, daí os vizinho arrombaram a porta e acharam o pequeno Stuart Escocês todo cagado. Daí, como ele não tinha mais ninguém em Dundee, o governo da rainha mandou o cara prum sítio cheio de ovelha, bode e essas porra toda lá no interior da Escócia. Um lugar frio do caralho, fedido e cheio de pedra. Mas era onde morava uma tia veia dele, a única parente que aceitou ficar com o moleque. Daí ele cresceu por lá, correndo nu pelas montanha todo transtornado e cravando a piroca em tudo que respirava. E em melancia também, pelo jeito. Se tiver melancia na Escócia.

Mas logo depois do aniversário de dezoito ano o Stuart convenceu a tia dele, que eu chamo de vó Aoife, a vender o sítio com todos os bicho dentro, pegar uma balsa e vir pra Dublin. Enfim, voltar pra casa. Eu chamo o Stuart de escocês porque porra, ele nasceu na Escócia, mas na verdade a família dele é toda de irlandês que foi pra lá numa época em que tava todo mundo passando fome na ilha e só as família mais jogo duro, tipo a minha, ficaram por aqui. Daí ele é escocês irlandês, que é um negócio bem diferente de irlandês escocês, que é quase tudo um bando de protestante filho da puta que mora lá no norte e fornece a rabiola pros inglês todos os dias. E ainda rebolando. Porque eles gostam. Mas o Stuart não, ele é escocês irlandês, católico e gente boa. E sei lá o que tinha naquela merda daquele sítio, mas os dois ganharam foi muita grana vendendo o bagulho. Chegaram em Dublin e saíram logo comprando um sobrado bem velho e bem grande na Dorset. Tudo bem que isso ainda era na época antes do euro e da porra toda e que nessa parte da cidade só tinha *junkie*, lixo e itinerante, mas mesmo assim. Aí encheram a casa de porcaria, não reformaram nada e guardaram o resto do dinheiro sei lá onde. Aplicado em banco é que não tá. Mas isso não tem nada a ver. O que vale nessa história é que depois de chegar aqui e comprar a casa, o Stuart ficou livre pra passar a vida inteira fazendo nada, se destruindo e enchendo a cara, passageiro de primeira classe no trem-bala pra ruína. Vidão.

Conheci ele numa última rodada do Boar's Head, no mesmo dia em que eu tinha saído no braço com uma tiazona toda demolida que eu tava comendo fazia uns dois ano e pouquinho só pra ter onde dormir. O Stuart odeia futebol, eu também, nós dois não curtimo itinerante nem cigano, e daí ficamo tomando *lager* e falando merda. No mesmo dia o cara me convidou pra morar com ele, dizendo que o sobrado era grande e que ele tinha medo de ficar sozinho com a tia dele, que era meio louca da cabeça. Aceitei mas já fui avisando que não era veado e que se ele tava pensando em me entubar era pra dizer logo de uma vez, porque aí eu preferia morar num abrigo fedido cheio de pulga gorda que se alimenta de imigrante da África. Ele se babou todo rindo e a partir daí virou meu melhor amigo, e isso já faz mais de ano e pouco. Foi antes de eu virar empresário. De vez em quando eu penso que ele devia mais era aproveitar o tempo e a grana pra sei lá, dar umas volta pelado nas praia da Grécia, comer um monte de francesinha chapada em Ibiza, essas porra toda, mas ele me manda à merda só de perceber que eu tô pensando algo nessa linha. Aí eu fico quieto, né.

De vez em quando rola umas festinha aqui no sobrado. *Craic* de montão. Até que tento trazer umas gostosa, mas antes que eu consiga me agilizar o Escocês já encheu a casa de monstrenga e traficante. Não tem como encarar umas mulher daquele naipe, mas é só ficar em volta dos trafi que eles acabam liberando alguma coisa de grátis. Eles curtem o Stuart, ou pelo menos era o que eu pensava.

— Jesuis. Mas cê é meio idjota mesmo, né? Eles curtem é minha grana, porra.

Saquei. Bebida liberada, muita mulher feia, o melhor da música ruim, tudo na casa de um cliente preferencial. O fundo do poço é o paraíso dos trafi. Caralho. Não sei quando a grana do Stuart vai terminar, mas sei que isso vai acontecer mais dia menos dia. Não tem nada que dure pra sempre, muito menos dinheiro, e menos ainda quando o cara gasta desse jeito. Só sei que esse dia vai ser estranho pra cacete, e é certo que na manhã seguinte vai tá eu bem bonitão procurando outro lugar pra morar.

Mas por enquanto a grana tá rolando solta e eu posso ser tudo mas trouxa é que eu não sou, né. Por uma boquinha dessa eu até aguento ser chamado de idjota às vezes. Moro aqui de graça, o Escocês é gente boa e ainda por cima encho a barriga com o rango que a tia dele faz pra gente todo santo dia. Grande vó Aoife. Gosto demais dessa veia, ela é demais. Demais. Acho que deve tá chegando perto dos novecentos ano, porque sinceramente nunca vi ninguém tão velho. É por isso que eu chamo ela de vó e não de tia. É ruga demais pruma pessoa tão pequena. Ela caminha com uns passinho bem curto, sempre de preto e manga comprida, o cabelo todo branco, bem desdentada. O corno do sobrinho dela gasta em bebida, puta e pó tudo que ganhou da venda do sítio na Escócia, mas não abre a mão pra comprar uns dente pra coitada. Eu fico com pena, mas que se foda. Na real nem tenho nada a ver com essa história. Hoje de noite vai rolar uma festinha dessas daí. Dessa vez não cochilei e já saí convidando os parcêro do serviço, pedindo que trouxessem umas gatinha. Faz muito tempo que eu não como ninguém e isso tá me deixando alterado e loucão. Não tô a ponto de enfiar a piroca em melancia, mas se demorar muito pra alguém dar pra mim, sei lá eu o que vou acabar fazendo. Talvez até acabe encarando alguma das monstrenga que o Escocês traz pras festa. Jesuis, olha o que umas bola cheia de porra faz com o cara. É humilhante, parcêro.

Já trabalhei e já enchi a barriga, mas ainda falta muito pra noite chegar. Vou capotar ali no sofá da sala. Dou uma última golada na cerveja e abro o pote de biscoito onde fica guardado o fumo. Não tenho muita coordenação pra fechar bomba, mas de tanto precisar acabei pegando prática. Não fica especial, mas pelo menos serve pra estourar o melão. Fecho um baseado fininho, sem tabaco nem nada, pego uma marica e me jogo no cheiro azedo do sofá, que a cada dia que passa fica pior. É o mesmo cheiro da vó Aoife, o fedor duma coisa que devia ter morrido mas continua ali, contra todas as aposta. Acho que o Escocês só vai se livrar desse bagulho quando a vó dele se engavetar. Não que o sofá seja ruim pra dar uma deitada. Tirando uma mola solta que fica cutucando o cara bem no ossinho em cima do rabo, até que dá pro gasto. O problema é mesmo o cheiro. Acendo a bombinha e dou uma tragada animalesca, prenso até não mais poder e o cheiro do sofá desaparece rapidinho. Porra, nessa mesma hora a veia Aoife deve tá trancada no quarto, rezando novena ou algo assim. O Stuart ainda não voltou pra dentro, deve tá dando a segunda ou terceira totinha com a melancia. No meio do quintal, ainda por cima. Dou outro pega. Tem um baita pôster do Bob

Marley em cima da tevê, com a palavra REVOLUÇÃO escrita embaixo. Odeio reggae e odeio esse preto idjota que morreu só por causa da religião de maconheiro dele. Odeio maconheiro. Taí um lance que eu odeio mesmo. Só aguento o Stuart por tudo que já disse. Ele é parcêro. É, ele é parcêro.
 Dou outra tragada furiosa e largo a ponta no cemitério. Cruzo as mão no peito e fico olhando pro teto. Tem uma mosca bem do lado da lâmpada. Porra, o Zbigniew tem que trazer a irmã dele, eu pedi com toda educação. Agnieszka, o nome dela. Agnieszka Brzesko. Só de falar esse nome minha piroca começa a soltar baba. O que aquele gordo tem de burro a irmã dele tem de gostosa. Muito gostosa. Deformada de gostosa. Vou galantear a polaquinha com estilo e botar pra dentro em dois toque. Eu mereço. Mas mereço mesmo, parcêro. Eu sou um cara legal. Tenho bom coração. Se tem alguém no mundo que merece comer uma polaca dessa estatura, sou eu. Eu. Eu mesmo. Um cara legal. Essa porra dessa mosca não se mexe. Como será que esses bicho enxergam o mundo? Aqueles olho gigantes e com mil e uma divisão e tal, deve ser um negócio insano. Imagina só uma mosca chapada. Jesuis. Não ia dar, não ia ter como. Ela ia se fuder legal no primeiro lugar em que pousasse. Ia ser esmagada sem nem se ligar no que tava rolando. Porra, morrer esmagado deve ser muito escroto. Caralho. Porra, deve doer demais. Principalmente se a mosca tiver chapada. Aí sim deve doer pra cacete. Jesuis. Se mosca fumasse um e tivesse larica, não ia ter merda no mundo que desse conta. Elas iam devorar tudo que vissem pela frente. Porra. É isso aí, na verdade. Se um dia alguém quiser acabar com o mundo é só chapar sei lá, uns cem trilhão de mosca. Porra, a gente ia pro saco em dois toque. Jesuis. Esse fumo é bom pra caralho, as fonte do Escocês são boa mesmo. Tomara que tenha sobrado aquela torta de ontem, como que é mesmo o nome? Porra. Delícia Polonesa. Isso. Delícia Polonesa da confei-

taria lá da Capel. Muito creme amarelinho. Delícia Polonesa. Que nome engraçado, o cara que inventou devia estourar o melão todo dia. Certo que sim. Delícia Polonesa é a irmã do Zbigniew, porra. E eu vou comer ela também. Delícia Polonesa. Polaquinha Agnieszka Brzesko. Jesuis, preciso comer alguém. Essa semana aquele corno do Magnus me falou que tem sete mil enfermeira filipina na Irlanda! Pode um negócio desses? Bem que podiam separar umas sete dessas sete mil pra cuidar do meu problema. Essa porra dessa festa tem que chegar logo, minhas bola tão pesando vinte quilos cada, não aguento mais me acabar no cinco contra um. Se bem que bater punheta chapado é especial. Isso é. Porra. Alta viagem boa. Parece que tem um urso panda lambendo o saco do cara. Tipo uma coisa assim. Acho que vou acender essa ponta, cadê a porra da marica? Olha só que viagem esse negócio, hippie é tudo mais burro que itinerante, mas vai longe nesses esquema de artesanato. Um bando de fumeta, esses hippie. Tudo maconheiro. Jesuis. Olho de novo pro Bob Marley, que bom que morreu, olho de novo pra marica e ali tá ele de novo, o negócio tem forma de criôlo com as beiçola de bife fazendo bico pra fumar. Mas Jesuis. Olha só. Tem umas coisa que o cara só vê quando tá chapado, não adianta. Acho que vou largar o fumo. Na boa. É. Vou parar, senão um dia acabo um hippie fedido vendendo artesanato na O'Connell ali na frente do Correio. Que nojo. Aquelas mina não raspam o suvaco, é tudo uma pelama só, devem ter uma floresta em volta da buceta que também deve feder pra cacete. Racha toda peluda e cheia de sebo. Bando de gente porca e maconheira. Ficam fazendo protesto contra construção de estrada e o cacete, só porque o lance vai destruir sei lá, um lugar onde um monte de celta esfarrapado cagou molão duzentos mil anos atrás. Bando de maconheiro. Jesuis. Vou dormir. É. Vou dormir. Que se fodam as hippie de suvaco cabeludo e buceta de bacalhau. Hoje à noite eu vou comer uma polaquinha cheirosa chamada Agnieszka.

§§§

Abro os olho e pego a festinha a todo vapor. Pulo fora do sofá e vou pra cozinha pegar alguma coisa pra beber e procurar o gordo Zbigniew. Abro caminho pela multidão, chego na geladeira e me abraço numa latinha de Druids. Eu amo essa casa. Sento numa mesinha, onde uns cara que nunca vi antes tão esticando umas carreira.

Odeio pó. Esse aí parece ser do bom, amareladinho e tudo mais. É certo que esses grego ao meu redor são tudo traficante. Jesuis, olha que estupidez o tamanho dessa buchinha, mais parece um pedregulho. As feiosa ficam em volta dos cara, dando gargalhada, se abraçando neles e essa coisa toda. Mas é muita bandidagem. Bando de vagabunda cheiradora. Porra, por que esses infeliz não arranjam umas gatinha? Que eu saiba mulher bonita também cheira. Lembro que uma vez fiquei um dia inteiro cheirando com uma gostosa e uns vagabundo lá num dos bloco de Ballymun, antes de demolirem tudo. Isso foi logo que eu cheguei em Dublin, no ano maravilhoso de 1999. Mas mesmo com gostosa na jogada eu odeio pó. A coisa até que podia ser boa se não fosse os viciado. Odeio gente fraca.

Os trafi e a comitiva de vadia tão com os nariz tapado, tudo travadinho ao mesmo tempo. Fico besta quando vejo os sorriso dessa gente. Parece um bando de robô. Dou um último gole na Druids, pego outra na geladeira e saio da cozinha. Preciso achar a irmã do Zbigniew. Falando nisso, cadê esse polaco de merda?

— Não veio, Bazza — responde o Stuart, cabeção encostado na parede, com dois dedo enfiado na boca da mulher mais hor-

renda que eu já vi em toda minha vida e olha que já são trinta ano de carreira. — Nem ele e nem o preto.
Antes que eu fale qualquer coisa ele dá um sorrisinho de filho da puta e continua:
— Mas tem uma mina por aí que tá atrás de você. Uma loirinha com um bundolão. Cê tem ideia de quem seja?
Nunca vi cê pegar ninguém, ele diz e sai metendo a língua na mulher mais feia do mundo. Ela tem uns olho esbugalhado que não piscam nunca, e nadinha de lábio. Os dente parece começar direto na cara, é uma coisa muito escrota. Quase perguntei se não era mais negócio ele seguir metendo a piroca em melancia, mas escuto de novo a voz dele na minha cabeça repetindo *Tem uma mina por aí que tá atrás de você*. Pra não dar outro motivo pra que me chamem de idjota, abro a latinha de cerva e saio pela casa lotada atrás da Agnieszka. Ainda escuto o Escocês dizendo:
— Peraí, parcêro! Fica frio que tô com um bagulho pra você aqui no bolso.
Mas faço de conta que não escutei nada e nem olho pra trás. A cabeça do meu pau tá piscando que nem louca, dizendo em código morse que hoje essa polaca não me escapa. Jesuis, não escapa mesmo. Mas essa casa tá tão lotada de marginal que não consigo encontrar a loirinha de jeito nenhum. Tá mais fácil encontrar bebida e pó, então vou aproveitando pra me destruir antes de ter que me concentrar em ganhar a mina, porque aquela ali tem cara de difícil. Vai me dar trabalho. Hahaha. Que piada. Dar trabalho nada, tá até perguntando por mim. É só chegar. Tô até vendo como vai ser, parcêro. Vou aparecer na frente da bandida, ela já vai sair pegando no meu pau e me empurrando pra parede, vamo ficar dando showzinho pra juventude e quando ela tiver no ponto vamo subir pro meu quarto e aí já era. Mal posso

esperar. Jesuis. Vai ser épico. Só espero que cê tenha lavado bem o cu, minha filha, porque hoje eu tô pela aventura.

Tomo mais um gole da Druids e dou a volta pela outra porta da cozinha. Bem quando acho que enxerguei a Agnieszka no fundo da sala o Índio Americano aparece do meu lado e me segura pelo braço. Puta que o pariu. Tudo que eu não preciso agora é do Índio Americano, e ainda por cima bêbado. Acho que é importante explicar que o Índio Americano não é um idjota qualquer. Além de ser o tipo de cara que fala coisas do tipo *bacana*, tem muita chance de que ele seja o maior idjota que já surgiu na face da história. É um riquinho de merda que mora em Ballsbridge e sei lá como sempre me aparece nas festa aqui do sobrado. Ele faz o cara pensar que os idjota profissional devem ter embutido bem no meio da cabeça um tipo de despertador pra indicar a hora certa de encher o saco dos outro. Todo mundo sabe que a melhor hora presse tipo de idjota é sempre a pior hora pra vítima, e não levo fé que esses cara consigam ter uma noção tão perfeita sem alguma ajuda especial. Talvez tenham também um tipo de GPS escroto que indica o melhor lugar pra carbonizar os culhão de gente inocente. O cara tá ali no meio do pub, já se encharcou de *stout*, já tropeçou em cima dos parcêro, já ficou todo babado e se rindo sozinho e gritando umas coisa que nem ele ia querer ouvir se estivesse sóbrio ou não fosse um idjota. Quando parece que nada mais vai acontecer, toca a porra do relógio interno e todo o organismo do idjota fica alerta. Adrenalina nas veia, os membro engatilhado, as pupila do cara se dilatando e o GPS entrando em ação, guiando o corpo do idjota até a pessoa que mais vai se dar mal com sua presença. E aí, parcêro, o palhaço faz o que tem que fazer. A natureza pode não ser sempre sábia, mas raramente erra nesse tipo de coisa.

Acho que foi bem isso que aconteceu dentro do Índio Americano um tempinho atrás. Eu já tinha visto ele mais cedo na noite, tomando uns soco de um trafi de bigode, chapéu e cara de itinerante. Deve ter derramado *lager* em cima dumas carreira ou algo assim. Até fico com vontade de sentir pena quando vejo ele se fudendo todo assim, mas não dá, parcêro. Não dá, ele não deixa. Só o jeito que ele fala, todo aveadado, me dá vontade de pendurar o infeliz no teto pelas bola. Um pouco depois vi ele sentado no canto, perto do relógio da entrada, bem quieto. Até pensei caralho, que bom, não vai mais encher o saco de ninguém. Merda. Não devia ter passado tão perto dele. Não devia nem ter pensado na existência desse idjota. O alarme deve ter tocado e o GPS ficou nervosinho pra caralho indicando a minha direção e ele não descansou até ficar exatamente como tá agora, apertando meu braço com a mão toda mole e repetindo "Ô Bazza Ô Bazza" sem parar, a voz escorregando pelos beiço, os olho virado pra cima, "Ô Bazza ôôô Bazzááá". Odeio quando o Índio Americano me chama assim. Meu nome é Barry, caralho. Me chama pelo meu nome, corno bichola filho de uma puta.

— Mas o Stuart chama você de Bazza, qual é o problema?

— O Stuart me chama assim porque ele é meu parcêro, caralho. E além de tudo ele é escocês e todo mundo sabe que esses porra não conseguem falar direito. Mas tudo bem, eu sou um cara de bom coração. Me chama do que cê achar melhor com esse sotaque de manjarrola de Dublin 4, só desafasta essa mão suada do meu braço e fala logo o que cê quer.

Foi eu terminar de dizer isso e o Índio Americano solta uma gargalhada tão alta que pra falar a verdade me dá até um pouco de medo. Aí eu falo de novo:

— Porra, indígena. Jesuis. Não me torra o saco, parcêro. Diz logo o que cê quer porque eu tenho mais o que fazer. Serinho. Tô pedindo numa boa.

E aí ele diz. Não, ele não diz. Ele faz. O filho da puta me abraça e começa a vomitar em cima de mim. O despertador deve ter tocado mais alto, o alarme deve ter deixado ele enjoado, sei lá que porra aconteceu, mas o Índio Americano tá me dando um banho de vômito e eu não tô fazendo nada. Não consigo nem reagir. Eu devia empurrar pra longe esse retardado que tá derramando tudo que tem nas tripa em cima de mim, mas não consigo fazer nada. Tem vômito na minha roupa toda, escorrendo pelo meu pescoço, um lixo completo. Mas puta que o pariu. O que eu faço com esse débil mental?

Fico parado esperando o idjota terminar. Parece que essa gosma nunca vai parar de sair de dentro dele. Daí ele me larga. Chego a ficar leve sem aquelas mão me apertando. Mas ele não parou de vomitar. Vira pro lado e vomita num cara que tava relaxando no sofá, que na mesma hora responde mandando uma bicuda bem no meio das perna do infeliz. Bêbado o cara sente menos dor, mas porra. Saco é saco. O Índio Americano desaba no piso e fica por ali mesmo, meio encolhido, ainda vomitando. Vida de idjota é isso aí. Respiro fundo e meu nariz me lembra que eu tô coberto de vômito. Seguro a vontade de também dar um chute no Índio Americano e vou abrindo caminho até o banheiro.

Depois de um milhão de cotovelada chego o mais perto que consigo da porta do banheiro, que tá com uma fila gigantesca. Odeio fila. É coisa de comunista e comunista é tudo um bando de maconheiro. Tudo hippie. Barbudo e o caralho. Mas é uma puta que pariu mesmo. Esses comuna me dão nos nervo, parcêro. Jesuis. Pela primeira vez na noite presto atenção no som que tá rolando na festa. *God bless you please Mrs Robinson heaven holds a place for those who pray hey hey hey*? Mas que caralho de cu é esse? Não faço a mínima ideia de quem tá colocando o som, mas é certo que deixou a noção em casa. Vai ver é outro idjota do naipe do Índio Americano. O vômito na minha roupa tá fedendo, meu pau tá ardendo de vontade de mijar e a fila não anda. Jesuis! O banheiro lá de cima. Parcêro, de tanto conviver com esse monte de retardado eu devo tá ficando meio idjota mesmo. Lá em cima tem um banheiro sempre liberado e eu aqui, sofrendo numa fila cheia de vagabundo que daqui a alguns minuto vão ter começado a mijar direto nas parede. Eu sei como é. Até ajudei o Stuart a lavar uma vez. É foda. Gente sem educação me trinca os ovo.

Uso de novo os cotovelo pra abrir caminho e passo voando pela escada, o pau desesperado de vontade de largar uma água, quase esquecendo que a coisa que ele mais quer é se meter dentro de uma polaquinha e ficar entrando e saindo, saindo e entrando, dando soquinho no útero, dentro e fora, fora e dentro, jesuis, é hoje. Aí chego na frente da porta azul do banheiro VIP, meto a mão no trinco e a porta não abre. Como assim, trancada?

— Porra, Stuart. Tô encharcando as cueca, parcêro. Sai logo de uma vez.

Nada. Continuo batendo na porta, cada vez mais forte. Ninguém responde.

— Tá comendo aquela feia?

Nada. Grito de novo, caprichando no "feia".

— Tá comendo a feia, caralho? Comendo a fêêêêêa? Vai pro seu quarto fazer isso, porra!

Feia. Muito feia. Feia pra caralho. Tá comendo o monstro no banheiro, filho da puta? Dou mais um soco na porta. Nada. Meu pau fica ardendo como se tivesse cheio de vinagre. Dá vontade de tirar pra fora e mijar ali no corredor mesmo, mas aí lembro que depois eu vou ter que aguentar o cheiro durante um bom tempo e desisto. Além do mais, eu tenho educação. Não sou como esses corno. Não sou itinerante, não sou cigano, não sou preto, não sou imigrante. Posso ter escolhido não fazer nada da minha vida, mas sou um cara decente. Mas agora eu tô todo vomitado e louco pra mijar na porta de um banheiro trancado onde ninguém responde. Ah, caralho. Que se foda. Vou meter um chutão nessa porta, nunca que o Stuart vai achar que fui eu. Ele ri da minha cara porque eu falo obrigado, por favor e essas coisas. Nunca que vai botar a culpa em mim. Idjota. Dou o chutão.

A porta se arregaça toda e a primeira coisa que enxergo, mesmo com a luz apagada, é alguém caído no piso do banheiro com a cabeça apoiada na beira da privada. Pela saia dá pra ver que é fêmea. Jesuis, hoje em dia nem mulher se dá mais ao respeito. Tudo um bando de perdida. Vou chegando perto e daí eu vejo. É a vagabunda. Não, não a Agnieszka. A outra loira. É a Stefka, a tcheca que é casada com o Magnus. A privada tá cheia de vômito. Puta que o pariu, hein. Não sei se sou o cara com mais sorte ou mais azar nesse mundo. Antes de pensar em qualquer outra coisa vou abrindo as calça e começo a mijar na pia, bem delícia. Vai, meu bom. Derrama gostoso. O mijo não para de sair e vai enchendo a pia de espuma, escorrendo aos pouco pelo ralo. Último jato. Alívio total. Pareço outra pessoa agora.

Abro a torneira pra dar uma lavada e tiro minha camisa suja. Quando o cara tá se mijando não consegue pensar em mais nada. É engraçado como o pau comanda a cabeça do sujeito. Se o pau quer mijar, o cara só pensa nisso. Se o pau quer se enfiar num buraco, o cidadão faz tudo que pode pra conseguir uma racha. Agora que resolvi o problema do mijo, eu voltei a pensar em foda, e a gostosa da mulher do Magnus tá bem do meu lado, toda arruinada. Tomo o último gole da Druids, largo a garrafa na pia e tento trancar a porta de novo. Nem rola. Meu chutão fudeu tudo. A porta até que fecha, mas não tem como trancar. Azar. Encosto e era isso.

Acendo a luz e me agacho do lado da tcheca. Ela tá mesmo apagadaça. Tem um fio de baba grossa escorrendo da boca dela direto pra dentro da privada. E vômito por tudo que é lado, tanto azedume que rapidinho nem sinto mais o cheiro. Olha só, minha querida, vou dizer uma coisa aqui entre nós: cê tá toda imunda, mas até assim cê é gata pra caralho. Se todo imigrante fosse que nem você eu mandava abrirem de vez as perna da Irlanda. Pelo menos pras mulher. Aproveito o estadinho da criatura pra dar uma conferida de qualidade. Jesuis. Que rabão, parcêro. Não preciso nem de um minuto olhando aquilo pro meu pau ficar pronto pra guerra. Dou uma chacoalhada pra ver se ela acorda. Nada. Não se mexe, não abre os olho, não chega nem a grunhir alguma coisa. Levanto, pego uma toalha e passo na boca dela pra limpar as baba. Tomara que ela não espere que eu vá ficar de beijinho na hora da ação. Eu me agacho de novo, fico cutucando as costela da vadia e mandando uns acorda aí, meu amor. Nada. Resolvo mandar tudo à merda e levar ela pro meu quarto, onde a gente vai poder conversar com mais calma.

Ainda bem que ela é baixinha e leve, porque foi só colocar a vadia no ombro pra me dar conta que não tô nas melhores condição. Dou uma respirada legal e faço um bico pro ar sair com força. Fico com medo de tá apertando a barriga da tcheca. Sei lá, vai que ela ainda não vomitou tudo que tinha que vomitar. Vou caminhando devagarinho até a porta. Quando tô quase com a mão na maçaneta, alguém grita do outro lado.

—Ô FILHO DA PUTA!

Jesuis. Pela voz é o Stuart. Se ele tentar abrir a porta vai me pegar e certo que vai descer as escada correndo e contar pra todo mundo que eu tô carregando nas costa uma tcheca toda suja de vômito, só pra queimar meu filme de vez com a mulherada. Conheço bem esse corno, ele não resiste. Fico bem parado.

— Ô VIADO DE BOSTA!

Não mexo nem um pentelho.

— Ô ITINERANTE!

Começo a achar a Stefka meio pesada. Sinto a barriga dela se tremendo toda no meu ombro. Caralho. Acho que vai vomitar de novo.

— Ô CARALHO! — o Escocês tá gritando tanto que até ficou com a voz meio fininha.

Sinto uma cachoeira de vômito escorrendo pelas minhas costa. Puta merda.

— Cê não vai abrir, Bazza? Então tá.

Ela para de vomitar. Acho que esvaziou tudo que tinha dentro das tripa. Silêncio do outro lado. Que bizarro. Por que essa bichola só ficou gritando? Era só entrar, porra, a porta tava aberta. Acho até que era só bater pra porta se escancarar. Ah, mas pau no cu dessa porra toda. Eu quero é meter e vai ser agora. Continuo parado por mais um tempo, giro a maçaneta e abro a porta. Ninguém. Mas é um escroto mesmo esse Escocês. Vou caminhando o mais rápido que consigo até chegar no meu quarto. Antes de fechar a porta, olho pra trás e enxergo uma trilha de pegada de vômito. Largo a Stefka no colchão, corro de volta pro banheiro e saio enxugando a porra toda com uma toalha. Depois volto pro quarto, jogo a toalha suja num canto, tranco a porta e tiro o resto da roupa.

Ainda bem que ela tá de saia, nada melhor pra facilitar o trabalho. Vou logo arrancando a calcinha. É preta e toda cheia das frescura, renda e o cacete. Essas puta escolhem sempre esse tipo de calcinha quando saem de casa pensando em dar. Saiu de casa com coceira na xota, não foi, minha filha? Então se prepara que já vou aplicar o remedinho. Remedião. Meu cacete é uma viga de aço que brota de uma floresta de pentelho em chamas. Quase não se depila essa safada. Mas olha só, é loira mesmo. Material genuíno. Que beleza. Vou logo metendo o nariz. Ahhh, que coisa maravilhosa. Isso sim. Se fosse uma hippie da O'Connell eu morria na primeira fungada. Ela resmunga alguma coisa mas nem abre os olho. Meu pau tá doendo de tão duro. O cabeção tá parecendo uma ameixa, quase se explodindo. Então tá, meu amor, cê vai pro sacrifício dormindo mesmo. Mas não sem camisinha, porque apesar do que dizem por aí eu sou tudo menos idjota.

 Reviro a gaveta atrás da camisinha e quando encontro o negócio meu pau já ficou mole. Aí eu me ajoelho do lado da tcheca do Magnus e começo de novo a mexer nela pra ver se o capitão volta a ficar em posição de sentido. Só de eu passar a mão no rabo dela o garoto fica todo animado de novo, aí aproveito pra colocar a camisinha. Mas dá merda. Não sei quem foi o idjota que espalhou por aí que colocar camisinha é fácil. Na verdade nem sei se teve alguém que disse isso, mas se teve é um palhaço filho de uma puta que nunca tentou comer alguém usando essa porra. O negócio entala na chapeleta e não desce mais. Fico me mordendo e tentando de tudo pra ver se a borracha desliza. A tcheca dá outro resmungo e se mexe um pouco. Já vai, minha filha. Já vai. É só eu terminar de desenrolar esta merda aqui.

 Mas não consigo. O anel de borracha travou depois do cogumelo e não desce nem fudendo, parece que vai até decapitar minha piroca. Passo tanto nervoso que o pau amolece de novo. Eu não devia ter bebido tanto, mas agora já era. Começo a ficar puto. Porra, quer saber? Vou é botar pra dentro sem camisinha mesmo. Que se foda. Não aguento mais, preciso me esvaziar. Inauguro os dedo dentro das carne da Stefka, mas aí a coisa fica mais feia que a mulher que o Escocês tava agarrando lá embaixo. Meu pau não endurece mais. Não sei que porra tá rolando, mas meu cacete faleceu e não parece que tá a fim de voltar pro mundo dos vivo nunca mais. Fico de pé no meio do quarto, com a tcheca toda molhada e deitada de perna aberta bem na minha frente, mas não acontece nada com meu pau. Puta que o pariu. Só pode ser dor na consciência. Só pode ser. É essa porra do meu bom coração. Essa merda de consciência que eu tenho. *A mulher tá desmaiada, não é certo se aproveitar, se liga que daí é estupro, e ela é casada, cê conhece o marido dela e tudo, ele é até seu ami-*

go. Ãrrã. Sei. Pensar esse tipo de coisa é a maior bichice da face da história, só que é bem esse tipo de ideia que não me sai da cabeça. Jesuis. Essa daí é puta profissional, todo mundo sabe. Todo mundo menos o Magnus, que é bem burrão e acredita que ela só faz dancinha. E porra, se ela apareceu no sobrado é porque tava querendo ser recheada. Por que eu não sou mais fiadaputa, hein? Se eu não tivesse essas frescura já ia tá fazendo omelete com os ovário dessa gostosa. Puta que pariu. Ter bom coração é coisa de idjota, parcêro.

Sento no colchão com as mão enfiada na cabeça. Não tem mais o que fazer. Nessa altura do campeonato a Stefka já virou de rabeta pra cima e tá até roncando. Desisto. Vou é dormir, caralho. Que se foda isso tudo. Que se foda. Meio tonto de tanta bebida e azar misturado, me deito do lado dela e fecho os olho. Cê não perde por esperar, minha filha. Sei que quando acordar cê vai querer dar pra mim. Sim, é certo que vai. Cê sempre quis, né. Eu percebia. Admite. Sempre quis. Cê me quer. Tô sabendo. Espera só um pouquinho. Espera só raiar o dia que cê vai ver o que é levar rola.

§§§

Abro os olho com a boca toda babada, encostada numa piscina de cuspe morno no colchão. Tá tudo quieto. É sempre assim quando eu encho a cara, não consigo dormir muito tempo. Esfrego os olho e dou uma olhada no resto do quarto, só pra ter certeza que a Stefka não se arrastou até algum canto pra vomitar de novo e resolveu ficar por lá. Mas que nada. A tcheca sumiu e só deixou de lembrança uma poça de vômito ao lado da cama com as calcinha preta bem no meio, tudo lambuzada. Vai ver tentou limpar a cacaca. Já deve ser dia claro, mas essa porra de quarto tá sempre escuro pra caralho por causa das cortina que eu fiz. É foda. Antes não dava pra dormir porque o quarto era claro demais e só tinha umas janela de vidro, aí pegava sol a manhã inteira bem em cima do colchão. Aí tentei resolver o problema e fiz essas cortina com uns cobertor, mas daí o quarto fica escuro o dia inteiro porque o tecido é grosso demais e não tem jeito de prender ou enrolar. Jesuis. Não adianta. Por mais que o cara se esforce as coisa nunca ficam perfeita. E ainda por cima é úmido pra cacete aqui dentro, tudo fica mofado, meu Gamecube estragou. Não vou ficar reclamando porque moro aqui de graça, mas que lixo imundo esse lugar. Deito de novo e tento tirar mais um ronco.

§§§

Não consigo. Fico pensando que além de não ter comido a tcheca também perdi a racha polaca. Devo mesmo ser idjota. Dou uma olhada pro meu pau todo encolhido. É o menor pau mole da face da história, não tenho dúvida. Filho da puta, me deixou na mão. Culpa da porra da camisinha. Nunca mais vou usar essa merda. Que se foda. Umas carne imigrante arreganhada na minha frente e eu sem poder botar pra dentro. Nunca mais, parcêro. Pode anotar isso daí. Camisinha nunca mais. O recado foi entendido. *Se você acha camisinha inconveniente, experimente ter gonorreia!* Ah, mas vai se foder. Chupa minhas prega bem gostoso, bichona do governo que inventou essa campanha de merda. Cê acha gonorreia inconveniente? Então experimenta não comer ninguém, ô filho da puta.

Quando me viro de bruço pra ver se rola mais um sono, escuto uns barulho no corredor. Rá. É a bichola do Stuart querendo me sacanear de novo. Uma vez eu tava dormindo podre de bebum e ele veio de manhã e me jogou um balde de água suja na cabeça. Ficou ali se rindo todo com a porra do balde na mão. Depois dessa ele tentou fazer a mesma coisa mais de um milhão de vezes, mas eu comecei a botar uma cadeira na frente da porta, cheia de traste e lata vazia em cima, pra fazer barulho quando ele tentasse abrir. Mesmo assim o corno não desiste, e pra variar tá tentando de novo. Jesuis, como é burro. Mesmo acordado, eu me levanto e começo a encostar a cadeira na porta só pra ele ver que eu tô ligado e que ele não vai mais me pegar de calça curta, que foi só aquela vez e nunca mais, mas aí me veio outra ideia.

Desisto da cadeira e me grudo na parede bem ao lado da porta. Quando ele abrir eu vou tá de tocaia lá atrás e quem vai tomar uma ruim é ele. Se fudeu. A porta abre bem devagar, o Stuart tentando não bater na cadeira pra eu não acordar com o barulho. Jesuis. Que esperto que cê é, Escocês. Crânio, mesmo. Corno. Vou botar no seu cu. Ele se liga que dessa vez não tem cadeira nenhuma e abre a porta toda sem fazer barulho. Entra uma luz forte de fora do quarto, já deve ter passado das dez da manhã. Mesmo sem pegar direto nos meus olho, o clarão me dá um pouco de dor de cabeça. Ressaca é uma merda. Não consigo enxergar o Stuart, mas dá pra calcular que ele deve tá parado na frente da porta. Dou um pontapé pra ela se fechar, enxergo o vulto do Escocês pulando meio cagado de susto pro meio do quarto, pego impulso e dou uma voadora com os dois pé, berrando:

— IR-LAAAAANNNN-DÁÁÁÁÁÁÁ!

A voadora sai meio errada e eu desabo por cima dele, os dois se esborrachando no piso. Aí me levanto pra não tomar umas porrada e entendo rapidinho por que foi que o Stuart caiu tão fácil. Porque não era o Stuart. Caralho, não era o Escocês. Caralho. Era a vó Aoife. Fico de pé num pulo só. PUTA QUE PARIU EU DEI UMA VOADORA DE DOIS PÉ E CAÍ POR CIMA DA VÓ AOIFE. Ela tá caída no chão segurando um cobertor, paradinha. Acorda, vó Aoife. Pelamordedeus. Acorda, é o Barry. Eu tava só brincando, achei que era o merda do seu sobrinho. Mas a veia não se mexe, tá dura no chão com os olho e a boca bem aberto. Coitadinha, ela tava indo me cobrir. Coitadinha. Mas o que foi que eu fiz, caralho? Dou uma olhada no corpo e ela tá inteirinha, não quebrei nada. MAS PUTA MERDA VÓ AOIFE NEM TÁ FAZENDO FRIO CARALHO PORRA QUE MERDA É ESSA DE USAR COBERTOR NO VERÃO PORRA PORRA. Jesuis. Não dá pra ficar berrando assim, preciso me controlar. Ainda bem que o Stuart bêbado não acorda nem na base de chute na cara. Só quando acorda sozinho, claro. Puta merda. Se ele não tiver dormindo eu me fudi. Olho de novo pras mão da vó Aoife agarrando o cobertor com toda força. Tento puxar, mas o cobertor não sai. Como assim, caralho? Ainda nem deu tempo dessa veia ficar dura, o corpo nem esfriou ainda. Que porra é essa? Tento abrir os dedo dela, um de cada vez, mas nada. Sento do lado do presunto e fecho os olho, mas logo me levanto de novo. Não dá pra perder mais tempo. Vai que o Escocês acorda. Aí eu me fodo de vez. Só tem uma coisa a ser feita.

    Boto a vó Aoife nas costa e na mesma hora quase caio e dou de testa na parede, de tão tonto que fiquei. Acho que ainda tô meio bêbado. Ontem à noite eu tava com uma gostosa vomitada no lombo, agora tô carregando uma veia morta. Uma gostosa que eu não comi e uma veia que eu matei. Jesuis. Tenho mais é que me fuder, mesmo. Vou andando devagarinho, segurando bem a vó Aoife e apoiando uma das mão na parede do corredor. A merda do cobertor que ela não larga mesmo depois de morta fica se enrolando nas minhas perna e eu quase desabo duas vez. Que bonito que ia ser. Mas aí consigo chegar no quarto da veia, boto ela deitada na cama e ajeito o cobertor em cima. Jesuis. Tá bem morta mesmo. Passo a mão em cima dos olho dela que nem em filme pra ver se fecha, e funciona. Com a boca não tem muito o que fazer, vai ficar escancarada mesmo. Tô me sentindo gelado. Melhor dormir.

    Volto pro quarto e enxergo outra poça fria de vômito que eu

ainda não tinha visto, bem do lado do colchão. Valeu aí, Stefka. Grande presença. Quando o Stuart acordar eu tô fudido, puta merda. Não vai ter ninguém mais fudido do que eu na Irlanda inteira. Fecho os olho.

§§§

Abro os olho meio que me afogando. O Stuart tá na porta do quarto com um balde vazio na mão, se rindo todo. O filho da puta me jogou água suja na cabeça de novo. Jesuis. Vou sentando devagar no colchão e digo:

— Caralho, Escocês, se fode aí.

Ele fica bem sério e pergunta:

— E aí, cê matou?

Parece que usaram uma máquina de vácuo pra chupar todo o ar da minha volta. Fico olhando pro cabeção do Stuart, aquela boca mole, e parece que meus dente vão cair sozinho um por um. Chego a ouvir o barulho deles se derramando tudo em cima do piso, por cima do vômito seco que a tcheca do Magnus, que eu não comi, me deixou de lembrança.

— Cê matou, Bazza? — o Stuart pergunta de novo, e aí eu tento falar alguma coisa e sai um fiapinho de voz ridículo, mais pareço uma bichola:

— Hein?

Ele larga o balde, chega mais perto de mim, dá um chute no colchão e berra:

— Cê matou a bola, parcêro?

Aí eu penso porra, era isso? Sim. Era isso! Parece que vou cagar nas calça de tanta alegria. Abro um sorrisão e o Escocês segue no discurso:

— Cê comeu a loira, né? Foi encomenda especial.

O Stuart olha pros meus dente à mostra e acha que eu tô

dizendo que sim. Daí sai falando sem parar, massageando o próprio saco de um jeito que me parece impossível de não doer demais. Diz que a mulher no banheiro era uma stripper que ele e os trafi grego tinham resolvido chamar pra fazer uma coisa diferente na festa. Aí quando ela chegou ele deu uma conferida no material, decidiu que tinha chegado minha hora de comer alguém e bolou um plano pra me dar um presente.

— A gente deu um porre nela, fizemos queimar um *skunk* especial que o Índio Americano trouxe de Amsterdã e pronto, a vaca dançarina virou bela adormecida. Deixamo no banheiro de cima, só pra você. Eu e o Pássaro que carregamo o tesouro. Tranquei por fora e saí atrás de você pra entregar a chave do banheiro com o presente. Mas cê saiu correndo quando falei da loira, nem me esperou dar a chave. Aí subi aqui em cima e vi que cê tinha arrombado a porta. Deve ter sentido o cheiro, né, safado? Bem loucão. Daí fiquei batendo na porta só pra incomodar, mas acho que cê tava ocupado. Hahaha.

— Porra, Escocês. Calaboca — quando o Stuart se empolga não tem mais como fazer ele ficar quieto. Minha cabeça tá pulsando mais que a cabeça do meu pau duro ontem de noite. — Cê é chato pra caralho. Jesuis.

— Chato o caralho, ô bichola ingrata. Deixei a loira na sua. A gente tá em 2009, século XXI, ninguém é de ninguém. Tá ligado? Eu podia ter abatido a profissional com o Índio Americano. A gente podia ter comido ela sem pagar nem nada. Cê sabe como são essas estrangeira, ficam tudo doida quando pisam na Irlanda. Tipo essas espanhola que depois de umas duas semana já saem tentando escalar a Spire com a cabeça cheia de Guinness e a minissaia nas orelha. Cê sabe como é mulher, porra. Mas a gente deixou pra você, Bazza. Tá, mas e aí? Cê virou o senhor do anel? Tem um cuzão aquela loira.

Deve ter uma máquina de falar merda dentro das tripa desse filho da puta. Não pode ser. Só baixo a cabeça, tento segurar a vontade de vomitar e digo:

— Não, Stuart.

Aí o Escocês senta do meu lado no colchão todo molhado de água suja, bota a mão no meu ombro tirando uma onda de veterano e sai explicando:

— Como assim, parcêro? Olha só, Bazza. Toda mulher quer dar o cu. Repete comigo. Toda... mulher... quer... dar o cu.

Não repito. Não falo coisa nenhuma. Só consigo pensar na vó Aoife mortinha com o cobertor nas mão. E na tcheca do Magnus escancarada bem na minha frente e eu de pau molão com uma camisinha dependurada, mais parecendo uma gota gigante de catarro.

— REPETE, CACETE — o Stuart grita e me dá um tapão nas costa que quase faz meus pulmão sair pelas orelha.

— Tá bom — eu me forço a repetir. — Toda mulher quer dar o cu.

— É isso mesmo que eu tava dizendo, Bazza — pronto, fodeu. Agora o corno se empolgou. O Stuart levanta do colchão e sai andando em círculo pelo quarto, falando pelos cotovelo. — O que não tá garantido é que vai ser pra você. Mas que ela quer dar o cu, olha, isso daí não tem discussão. E é nesse detalhe que entra em cena a sabedoria do guerreiro. Comer cu é uma arte, Bazza. Olha só.

Quando o Escocês se agacha na minha frente com pose de catedrático do sexo anal, minha paciência se acaba de uma vez e resolvo contar tudo. Tudo significa a história da mulher do Magnus, não a parte sobre a vó Aoife, porque eu até posso mesmo ser meio idjota, mas suicida eu não sou. Fico olhando pras unha do meu dedão do pé e digo de uma vez:

— Não, Escocês. Não meti em nenhum buraco. A loira nem

me chupou. Não fiz porra nenhuma, tirando uma dedada. Não comi a Stefka.

Acho que o Stuart parou de respirar. Fica me olhando meio de boca aberta, com a língua pra fora da boca até a metade, ensanduichada bem no meio dos dente. É uma língua feia pra caralho, meio roxa desbotada e coberta de gosma branca. No meio daqueles dente acavalado e cor de laranja, cheio de mancha de cigarro, isso chama ainda mais a atenção. Até que daí ele fala:

— Não.
— Não o quê, Stuart?
— Cê comeu a loira.
— Não comi.
— Ah, comeu.
— Não comi, porra.
— Comeu sim.
— Não comi, caralho.

Aí ele se agacha de novo e fica me olhando daquele jeito com o cabeção quase colado na minha cara, aquela língua nojenta pra fora. Acho que tem até uns cogumelo crescendo nessa bosta. Aí ele me empurra pra trás com as duas mão e grita:

— MAS PUTA QUE O PARIU CÊ É BEM BICHOLA MESMO HEIN CARALHO BAZZA MAS QUE PORRA É ESSA?

Sento de novo no colchão e explico a história da camisinha com a voz baixa. Não tenho energia nem pra respirar direito. Quando eu termino de contar o filho da puta cai na gargalhada.

— Mas só veado mesmo pra colocar essas borracha. Cê não tem jeito mesmo, parcêro. Mas tá, chega de falar do seu fracasso. Cê não tá com fome? Já passou da hora do almoço, nem sei por que a tia ainda não começou a fazer o rango.

Puta merda.

— É — saio mentindo, porque ao contrário de comer mulher isso eu ainda sei fazer bem direitinho. — Não tem cheiro mesmo. Que estranho. Vai ver ela foi na missa mais cedo, né. Hoje é domingo.

— Missa o caralho — Stuart vai dizendo enquanto sai do quarto, e daí eu fecho os olho. Jesuis. Hora de pensar onde vou morar daqui pra frente, isso se eu continuar vivo depois da surra. Será que tem lugar na casa do Magnus? Aí quem sabe eu consigo comer a Stefka. Porque ela queria. Ah, queria mesmo. Sempre quis. Dava pra ver.

— E hoje é sábado, ô idjota! — grita o Escocês no meio do corredor, e bem depois desse grito tudo fica bem quieto. — Tia? — eu escuto ele dizer uma vez. Duas. Três.

Tudo fica bem quietinho de novo até um barulho que parece um dinossauro gargarejando chegar pelo corredor. O Escocês tá urrando, dando uns soco na parede com toda força, chutando e quebrando um monte de bagulho. Levanto do colchão, caminho até a porta do quarto e enxergo ele vindo com tudo na minha direção. Fico com o corpo bem mole esperando o murro. Assim é melhor, dói menos. Mas daí o Escocês para bem na minha frente, todo vermelho e suado, grita umas coisa sem sentido com a mandíbula travada pra frente, agarra minha camisa com as duas mão e começa a esguichar lágrima.

— Minha tia morreu do coração! — ele berra, misturando choro e baba.

Aí eu dou um abraço no idjota, né. Que mula.

§§§

Abro os olho e vou direto pra cozinha. Nunca vi o Stuart tão sério e calmo. O viado tá tão branco que parece mais claro que os azulejo. Vai bebendo o chá bem devagar, sem reclamar do leite nem da falta de comida. Quando ele abre a boca, quase nem reconheço a voz. Toda tranquila. Até o sotaque tá diferente. Parece que botaram outra pessoa dentro daquele corpo, e essa pessoa me chama de Barry.

— Já procurei pela casa inteira, Barry — diz a pessoa de voz calma que se mudou pra dentro da carcaça horrenda do Escocês.

— Passei uma semana revirando essa porra toda. Não tá em lugar nenhum. Só a tia sabe onde enfiou essa grana, e agora ela tá morta e enterrada dentro de um caixão do governo porque nem pra comprar um decente me sobrou dinheiro. Não tenho mais porra nenhuma.

Penso em sugerir que ele venda o sobrado, mas fico na minha. Não sou tão idjota assim e a coisa tá mesmo feia pra ele. Pra nós. Porque não é só uma questão de ter grana pra comer e encher a cara. Pra isso o Escocês pode trabalhar, porra. O problema é que ele também deve muito dinheiro. Pros trafi. E pior, pros trafi grego. Uns filho da puta que só não são cigano porque não são preto e só não são itinerante porque tomam banho e não usam bigodão. E uma parte desse dinheiro que ele deve, na verdade quem deve sou eu. Porque é uma grana que ele me emprestou nos últimos tempo. Pra alugar o escritório na O'Connell e pra comprar os besouro. Eu achava que o dinheiro era dele, mas o Escocês tinha pegado tudo emprestado com os trafi porque era mais fácil. A vó Aoife fazia jogo duro, tinha esse esquema todo de esconder a grana sei lá eu onde. Aí o Stuart achava mais fácil pegar emprestada uma bolada de cada vez e ir pagando aos pouco com o dinheiro pingado que a veia ia passando pra ele todo mês. Até agora eu não sabia de nada dessas porra. Os grego nem cobravam juro por causa da coisa toda de festa e o cacete, e porque ele sempre pagava mesmo. Mas agora não ia mais ter como fazer esse esquema, e era muita grana no último empréstimo. No dia quinze de outubro já ia ter que rolar o pagamento. Faltava três mês.

— Esses grego são tudo maluco. Usam espada ninja pra cortar as cabeça de quem deve pra eles, e depois jogam no canal. Cê sabe como é, Barry. Cê mesmo já me mostrou umas notícia sobre isso no jornal. A gente precisa pensar em alguma coisa. Quanto cê ganha mesmo com esse negócio dos lugar com fantasma?

Levanto da cadeira e começo a lavar as mão na pia, bem quieto. O dinheiro que anda rolando na empresa só dá pra eu comprar jogo e fazer umas merda por aí. Se fosse só eu e o Magnus na empresa tudo bem, mas depois de pagar o preto e o polaco não sobra muito. Talvez eu convença o Magnus a demitir os dois, mas ainda assim é pouca grana. E preciso admitir que sem eles pra ajudar o trabalho ia ficar bem difícil. Jesuis. Mesmo se o Stuart arranjar um emprego não vai ter como conseguir essa grana a tempo. São quinze mil euro. Esse escocês burro pegou QUINZE MIL EURO emprestado com uns traficante grego que enrabariam as própria mãe pra espantar o tédio e gastou tudinho pagando puta e pó pra metade de Dublin. E emprestando um pouco pra mim, que na real sou o único amigo dele e mereço mesmo porque aguentar esse traste é um negócio mais heroico que as história do Cú Chullain que minha mãe contava quando eu era pirralho. Não tem jeito de conseguir quinze mil euro assim do nada em três meses. Só se a gente cair na bandidagem também, ou bolar um plano muito bom. Vou ter que pensar pra caralho agora, porque se a nossa salvação for depender dos miolo do Stuart, daí fudeu geral mesmo. Fico olhando pra cara dele, que tá chorando de novo. Não parou com o choro desde que a veia bateu as bota. E quem matou ela fui eu. Eu, porra. Foi sem querer, mas fui eu.

Matei a vó Aoife. Os besouro não tão se reproduzindo. Não comi a irmã do Zbigniew. Não comi a mulher do Magnus. Tamo devendo dinheiro grosso prum bando de traficante assassino da Grécia com uns nome estranho pra caralho, tipo sei lá, Charalambos Chorianopoulos. O pangaré do Stuart só consegue chorar e ficar escavando o quintal atrás da fortuna que a veia escondeu tão bem que parece ter sumido. E quem vai ter que resolver essa merda toda? Bartholomew O'Shaugnessy, é claro. O orgulho da República de Cork. Então vamo nessa, eu vou cuidar direitinho desse assunto. Deixa comigo. Mas agora chega de surpresa, na boa. Por favor. Serinho. Não dá mais, parcêro. Tá bom assim. Mas pensando bem, que porra ainda pode acontecer depois de tanta merda? Jesuis. Alguém precisa dizer pro homem de preto que o recado foi entendido.

O ÚLTIMO DODÔ

Outubro/Novembro de 2009
Deireadh Fómhair/Mína Samhna 2009

Começa com uma impressão muito delicada de que as coisas estão se acelerando. As pessoas caminham um pouco mais rápido, os fonemas se acavalam sem muita sutileza enquanto vão deixando a boca, a velocidade média dos carros parece levemente maior, os animais na rua correm em *fast forward*. Todavia, enquanto isso acontece ao mesmo tempo tenho consciência de que eu mesmo, Zbigniew, continuo na velocidade anterior, tanto por dentro quanto por fora. E as outras pessoas também percebem isso, eu sei, e quanto mais elas percebem, mais rápidas vão ficando e mais lento eu me torno, ainda que de fato minha velocidade nunca mude.

Quando o meu defeito de fábrica atinge esse ponto eu prefiro ficar parado em algum canto. Sentado, ou melhor ainda, deitado. Sem falar nem interagir com ninguém, apenas esperando passar. Até porque eu não gosto mesmo de ficar falando, especialmente em inglês. E é nesses momentos mais agudos que me ajuda bastante ficar enumerando em silêncio pragas, pestes e toda sorte de morte coletiva. Aconteceram várias epidemias de peste bubônica na Irlanda, mas ainda que a Peste Negra ocupe um lugar de honra no coração de qualquer estudioso onde quer que tenha se manifestado, também nutro carinho especial pelas epidemias de tifo, acompanhado ou não por disenteria. Na Irlanda, recito para mim mesmo enquanto me ajeito na privada do banheiro do Burger King, ocorreram epidemias de tifo de 1708 a 1710, de 1718 a 1720, de 1728 a 1730, de 1740 a 1741, de 1817 a 1818 e de 1836 a 1840. Isso funciona para me deixar mais calmo, mesmo quando não estou em crise. Mas eu estou.

Olho para os meus joelhos sob a luz ultravioleta, ali instalada para desencorajar os *junkies* a se drogarem no banheiro. Na minha estimativa, as portinholas das cabines têm no máximo sessenta centímetros de altura. Ficam posicionadas bem no espaço mediano do vão, deixando fendas de uns sessenta e cinco centímetros no topo e na base. Não servem para obstruir de fato a imagem da pessoa sentada no interior da cabine, sendo eficazes para impedir que alguém tenha qualquer privacidade para se injetar, cheirar e assim por diante. Enquanto me levanto, lembro que também houve uma epidemia de tifo na Irlanda de 1846 a 1850, em meio à Grande Fome.

Depois que tudo se acelera definitivamente, até mesmo o vento e a luz, que à noite fica tão abrupta que parece ter gume, vem o medo. Também prefiro permanecer em silêncio nessa fase, até porque sinto ser impossível não chamar a atenção enquanto eu me movo em câmera lenta através de um mundo onde até os ruídos são velozes. Mesmo que, objetivamente, essa câmera lenta seja a velocidade normal do mundo. Eu sei disso, mas não adianta e não me acalma. Cada passo que dou exige esforço e intenção concentrada. É como se minhas pernas fossem compostas por um metal muito denso e estivessem atoladas até as coxas em melado, como naquele episódio que aconteceu em Boston em 1919 e não foi praga nem peste, mas que todos os interessados genuínos em tragédias gostam de relembrar. Então é melhor ficar quieto, não me mover muito, não falar e, se possível, nem pensar em coisa alguma. Nesse momento não me adianta muito recitar datas e moléstias, porque é quando a cabeça começa a inchar. Um inchaço físico e repentino, acompanhando a velocidade do mundo exterior. Todavia a cabeça mantém o mesmo peso enquanto aumenta de tamanho, assim como eu mantenho a mesma velocidade enquanto o mundo inteiro se acelera. Nessas condições, minha cabeça fica tão grande e tão leve que sinto uma certeza súbita de que ela vai se descolar, se desacoplar do pescoço e sair pelo céu, deixando para trás o meu corpo pesado e lento e com ele também a minha consciência, igualmente dotada de peso e incapaz de acompanhar o voo da cabeça.

Sensações tão concretas que chegam a ser absurdas. Sei que nada daquilo é verdade, que nada está acontecendo de qualquer maneira registrável por um observador externo, mas por dentro eu sinto aquilo tudo como a verdade mais imperiosa que existe, a única realidade que sou capaz de experimentar naquelas condições. Para mitigar um pouco a experiência nessa altura da manifestação do meu defeito de fábrica, tento arrancar a consciência para fora do corpo fazendo um esforço para me enxergar de fora, passar pela experiência inteira e ao mesmo tempo ser um espectador. Isso acalma um pouco as coisas, mas também cria uma dissociação crescente entre o corpo que está sendo visto e experimentado e o meu senso de mim mesmo. Como se uma coisa não pertencesse à outra. E então meu senso de autoexistência vai indo embora, por ter ficado sem o invólucro, e nessa hora preciso fazer um esforço ainda maior para que ele não abandone o corpo. E é bem nesse ponto que começa o medo.

O café do Burger King é odioso e mais parece um caldo de água queimada. Além disso, me deixa com dor de cabeça por horas a fio. Consigo pensar em poucas ideias piores do que ingerir cafeína durante os primeiros sinais de uma crise, mas nem sempre me é possível agir com responsabilidade nessa situação. Varíola na Indonésia, de 1965 a 1967. Vinte anos de beribéri na Tailândia, quando mesmo? 1890 a 1910. Correto. Mas não adianta, eu sei que agora o medo vai chegar a qualquer momento. E quando o medo vem é intenso, piorando muito à noite ou em meio a multidões. Luzes, ruídos e pessoas ficam cada vez mais velozes e se revelam forças agressivas, sinistras. Quando alguém ri, está rindo de mim. Se gargalha, está me enfiando uma faca. Olhou, quer me matar. Até os gatos de rua estão planejando tocaias. Os ruídos do mundo tramam crescer em proporção geométrica até me envolverem por completo como um oceano de gelatina e me deixarem suspenso ali dentro para que as luzes cheguem muito rápidas e agudas e me perfurem o corpo inteiro, causando uma dor física sem adjetivos e permitindo que minha consciência escape pelas feridas abertas. Melhor ficar em casa. Melhor ficar quieto. Melhor não me mexer. Na fase do medo, a melhor atitude é ficar sentado com protetores auriculares e fones de ouvido, escutando ruído branco e nada mais. Deitar não adianta, pois o peso do corpo está tão grande que me é impossível deixar de sentir que vou afundar no colchão e atravessar o piso, mergulhando aos poucos no interior da terra até chegar ao magma e ser carbonizado. Ou que meus pulmões vão entrar em colapso e a garganta vai se fechar, me matando aos poucos por asfixia sem que eu consiga me descolar da cama para pedir ajuda. Então me armo com protetores auriculares, fones de ouvido e ruído branco. E com as datas. Surto de tarantismo, ocorrência histórica mais séria em 1374, em Aix-la-Chapelle. A população inteira dançando pelas ruas em movimentos convulsivos.

    Saindo para a O'Connell com o copo de papel ainda cheio de café ruim, caminho por alguns metros e volto a me abrigar da multidão no saguão externo da Easons. Fico observando uma loira de queixo quadrado e traços fortes e angulosos, escandinavos. Bonita. O cabelo naturalmente quase branco tem a franja muito curta, deixando a testa inteira à mostra, enquanto fios soltos descem pelo pescoço e pelas orelhas. Alta, forte, muito pálida e rosada, com uma camisa sem gola de mangas compridas em padrão de joaninha, vermelha com pintas negras, ela sabe muito bem que está sendo observada. Ao mesmo tempo que não disfarça, não demonstra qualquer incômodo. Os olhos escuros estão livres da aparência assustada que é onipresente em quem passa regularmente por determinado tipo de sofrimento, mesmo quando a pessoa não está em crise. Certamente ela nunca sentiu o mundo se acelerando, nunca sentiu a cabeça prestes a voar, nunca sentiu o medo e por consequência nunca chegou a sentir a raiva. A raiva pura.

Para quem está sempre se observando de perto, e eu sei o quanto essa atenção me é importante se eu não quiser ser engolido, sugado e mastigado aos poucos pela bocarra ensopada e banguela do meu defeito de fábrica, a raiva se anuncia quando o mundo exterior fica um tanto fora de foco. Uma camada de uns dois graus de miopia recobre todas as coisas, as luzes e sons ficam cada vez mais estranhos, alongados e vivos. Tudo se torna mais irreal e mais hostil. E a velocidade que antes era apenas externa passa a ser sentida por dentro, os pensamentos se aceleram, quase faiscando, e o coração bate mais rápido e mais forte, fazendo as têmporas pulsarem. Todavia mesmo assim não se atinge um equilíbrio com o mundo exterior, que fica ainda mais veloz, e enquanto dentro e fora apostam corrida, eu sou arremessado para longe do meu próprio corpo, mesmo que não queira, observando a tudo do alto, sem poder interagir ou tomar qualquer providência além de não deixar o meu defeito de fábrica tomar de vez as rédeas da situação. E isso já exige esforço suficiente.

Nesse momento não há mais datas e pragas terapêuticas a serem recitadas, pois não existe momento algum senão aquele instante, aquela velocidade e a raiva pura. Um ódio de intensidade crescente se imiscui sobre todas as pessoas ao redor, sobre o mundo borrado que me rodeia, e eu vou tornando a raiva algo pessoal, olhando no rosto de cada uma dessas pessoas, me visualizando agarrar um pedaço de pau e bater sem dó na boca de algum sujeito, ou puxar briga, ou ao menos xingar aos berros. Se eu de fato fizesse alguma dessas coisas, nunca saberia a diferença. Não teria como dizer se apenas fantasiei ou se derrubei mesmo alguém no chão e comecei a desferir uma tempestade de pontapés com minhas botas de ponta de aço. Nesse ponto, quando o meu defeito de fábrica toma conta de vez, não existe diferença entre pensamento e ação, entre realidade interior e exterior, e a raiva não tem um porquê. É um sentimento que existe e pronto, e está ali, determinado a se manifestar no mundo exterior. Aos poucos vou sentindo a pureza e a gratuidade do sentimento se esvaírem e começo a procurar motivos ilógicos para odiar cada uma das pessoas que me circundam. Minha expressão facial deve mudar, porque cerro os dentes com toda a força e no dia seguinte a dor na mandíbula é muito forte e não me deixa esquecer. E o mundo vira isso, um borrão meio distante do qual saltam em foco muito nítido pessoas aleatórias que devo espancar, matar, estuprar ou xingar. E é bem aqui que alguma coisa na maioria das pessoas que nasceram com um defeito de fábrica se quebra de vez. Começam a sair gritando pela rua e muitas vezes acabam mesmo agredindo ou fazendo coisas ainda piores com alguém ou consigo mesmas. Algumas não voltam nunca.

    Mas eu não. Minha força de vontade e a recitação de datas impedem que isso aconteça, que eu efetivamente faça alguma das coisas ordenadas pelo oceano de ódio que sinto nesses momentos. Por outro lado elas não fazem diferença nenhuma, não me fazem deixar de sentir aquilo nem mandam a sensação embora. Defeitos de fábrica não vão dormir quando alguém manda, eles têm um cronograma próprio e uma agenda definida e incognoscível. E nessa hora preciso ter muito cuidado para garantir que minhas emoções fluam de um modo natural, que passem por mim sem tomarem conta e se transformarem em ação. Nada de chorar, sair correndo, gritar. Nada de rolar pelo chão. Nada de bater a cabeça em postes. Nada de esmurrar ninguém. Ao mesmo tempo, nada de abafar coisa nenhuma. É preciso sentir tudo isso por inteiro. Qualquer tentativa de mudar o curso das emoções faz a raiva recobrar a pureza e se voltar contra mim mesmo, com força total e a mesma gratuidade de quando surge no curso normal das coisas. E é daí que vem o ímpeto suicida, porque quando as coisas estão assim alguém precisa morrer, e se não forem as pessoas na rua terá de ser eu mesmo.

O controle funciona, mas é exaustivo para o corpo e para a mente. Não consigo fazer mais nada além de sentir todas as emoções abruptas trazidas pelo meu defeito de fábrica e ficar me observando, monitorando cada passo e cada pensamento e cuidando para que o equilíbrio se mantenha e a raiva toda simplesmente aconteça e siga o curso natural sem se manifestar externamente nem se voltar contra mim. Se alguém falar comigo eu não xingo, não bato, não faço nada disso. Respondo com algum monossílabo educado e sem fazer contato visual, o que seria a morte. Se a pessoa insiste em manter a conversa depois disso, simplesmente me afasto e vou embora. Quando volto para casa depois de passar um dia inteiro assim na rua, a única coisa que consigo fazer é despencar na cama e dormir. Gasto minha última reserva de energia trancando a porta.

Na esteira disso tudo e nos períodos entre uma crise e outra, na fase de gerenciamento de danos, sobra apenas um mal-estar permanente. Às vezes parece que a raiva vai despontar de repente, mas eu sei que não acontece assim. Há passos a serem seguidos. Por conta disso não fico alarmado e no máximo passo o dia inteiro quieto com o indicador pousado sobre os lábios para controlar a sensação de que posso cuspir na cara de alguém de uma hora para a outra. Como forma de defesa, nunca de agressão. Muito menos de agressão gratuita. Porque nada nesse período é gratuito, tudo é defesa. E assim levo adiante os meus dias, entre pensamentos circulares e obsessivos sobre sexo e suicídio. Às vezes, mesmo sabendo por experiência própria que é inútil, fico ruminando pensamentos e tentando entender por que eu sou desse jeito. Mas isso também é uma defesa. É meu defeito de fábrica cravando mais fundo suas garras, mostrando sua natureza simbiótica. Sem ele eu não tenho como existir. Mas por que eu sou assim?, eu me pergunto, mas sei muitíssimo bem que essa é uma pergunta que não quer resposta nenhuma. Quer apenas que eu siga fazendo a pergunta. Porque é assim que o meu defeito de fábrica se nutre e fica ainda mais insidioso. Encontrando resistência, passando por questionamentos cíclicos e tentativas ocasionais de esmiuçamento que servem apenas para que ele potencialize o que tem de pior e consiga enfim atingir o ápice da nocividade. Então o ideal é não se fazer perguntas. Saber que o meu defeito de fábrica está ali e que nunca irá embora, ficar conformado com o fato de que ele se confunde com minha própria identidade. Aceitar o caos ordenado e seguir vivendo como e até onde der. Mas sem fazer nada.

 Esse é o princípio de tudo, da convivência possível com o meu defeito de fábrica. Tudo que importa se inicia com uma negação, eu penso, por mais que isso pareça contraintuitivo. Nada nunca é fácil. Nada, nunca, e para ninguém. Existir exige tanto, mesmo para quem teve mais sorte na loteria genética e não precisa conviver com algum tipo de defeito de fábrica. Melhor seria nunca ter existido. Mesmo as alegrias mais passageiras exigem muito. Todavia estamos todos aqui e qualquer culpa é sempre cem por cento nossa, ainda que o livre-arbítrio não passe de uma ilusão confortável. É tão complicado existir e seguir em frente, tão difícil fazer a coisa certa, tão doloroso aceitar que talvez não exista a coisa certa e que, ainda que isso mais pareça uma capitulação, a melhor atitude talvez seja deixar a onipotência de lado e permitir que as coisas se façam por si mesmas.

Chego no trabalho e a primeira coisa que enxergo ao entrar no escritório é Barry sentado com uma das pernas sobre a mesa.

— Mas por que cê demorou tanto, gordão? Se perdeu no caminho, é isso? Certo que se perdeu. Aposto cem euro e ganho. Jesuis! Mas como é burro esse polaco, puta merda — Barry gargalha mostrando o canino de ouro. — E a mana, como é que tá? Se estourando toda de gostosa, como sempre?

Barry é o gerente da nossa empresa, mas vive dizendo que não quer fazer nada da vida. Que descobriu muito novo que as coisas não serviam para nada, que a vida não tem sentido e como tudo é mesmo inútil então nada vale a pena. Essas pessoas que reclamam em cada fôlego que a vida não tem sentido algum na verdade nunca deixaram de ser crianças. Basta ver como Barry se comporta. Gente como ele espera que alguém apareça entregando de bandeja um sentido pronto e embalado para a vida, e como isso jamais acontece, e, se parece acontecer, estamos diante de algum tipo de picaretagem, eles depreendem que descobriram A Grande Mentira e que não existe sentido algum para a existência, e em seguida passam o resto da vida denunciando essa revelação. Como não respondo nada, Barry apenas balança a cabeça e troca de alvo para Magnus, sentado na mesa ao lado.

— Não vai tomar café da manhã, parcêro? Falta só quinze minuto pro trampo começar.

— Eu *estou* tomando café — Magnus responde sem olhar.

— Não está me vendo comer esse croissant?

— Isso não é café, caralho. Isso é uma porra dum pãozinho afrescalhado de francês bichola. Cadê o feijão, os tomate, os ovo e a salsicha? Nem chá cê tá tomando, ô fiadaputa.

Enquanto Magnus continua mastigando sem fazer mais comentários, Barry rodopia e volta a se dirigir a mim:

— Mas sabe por que cê é burro mesmo, gordão? Porque cê nem precisava ter vindo pro serviço. Hoje é dia do preto. Olha ele ali saindo do banheiro.

O rosto marmóreo de Seewoosagur Burrenchobay não manifesta emoção alguma ao me enxergar parado no meio do escritório, com um copo de papel vazio na mão.

— Foi levar uns parente seu pra nadar, safado? — Barry tira os pés de cima da mesa. — É isso que acontece quando cê come kebab logo de manhã, imigrante. Tá, olha só. Já que o polaco resolveu aparecer no dia de folga, hoje a gente trabalha com o time completo. Bora mandar um abraço coletivo?

É o primeiro dia do nosso novo roteiro, e tanto Barry quanto Magnus concordam que é melhor começar pela Henry Street, ainda que caminhar por lá a essa hora seja um pouco complicado, especialmente no final de outubro. Na minha opinião, tentar criar um clima de mistério no meio de centenas de pessoas carregando sacolas cheias de compras é um desafio desnecessário. Existe um motivo para o tour da Dublin Bus acontecer à noite, mas Barry e Magnus acham que isso é um apelo fácil ao clichê e argumentam que ser o tour das surpresas é justamente o nosso diferencial. Mesmo assim, me parece que visitar locais diferentes deveria bastar, e como eles mesmos inventam quase todas as atrações, isso não seria problema algum. Começar um roteiro à luz do dia, e logo pela rua de pedestres mais movimentada das redondezas, continua me parecendo uma complicação dispensável. Todavia meu inglês falado não é bom o suficiente para que eu proteste, e acabo me rendendo às decisões tomadas em conjunto pelos dois. Existe algo de preocupante em ver Barry e Magnus funcionando em harmonia. Não é o normal.

— Café? Croissant? Kebab? — meu estômago se contrai.

— Vamos comer?

— Além de cabeça oca cê é oco por dentro, né? — Barry me dá um tapinha na barriga. — Por isso cê vive pensando em comer. Que gordão inútil. Agora não dá mais tempo de sair atrás de rango, a gente precisa trabalhar.

Eu não sou oco. Meu problema é justamente o oposto disso. Descobrir como não transbordar. Como não deixar que todas as coisas que guardo dentro de mim perçam os limites e fiquem disformes, inchando, se derramando e deixando de fazer parte do meu corpo, tornando inválida qualquer diferenciação entre mim e o resto das coisas que existem. Mas Barry nunca entenderia uma coisa dessas.

Assim que Magnus engole o último pedaço do croissant, as pessoas começam a chegar. Nenhum irlandês, como de hábito. Nisso Barry é muito competente, e nunca se descuida da peneira. Hoje o dia começou fraco, com apenas três clientes para o tour matinal. Uma morena roliça de cabelos cacheados, calça jeans, jaqueta de veludo marrom de corte sessentista, chapéu xadrez preto e branco. Provavelmente espanhola. Um americano quase da minha altura, mas bem magro e com cabelos cor de ferrugem, de mãos dadas com uma tailandesa bronzeada e sorridente de no máximo um metro e meio. Curioso como ela parece recatada mesmo com uma das menores minissaias que já vi. Barry abre um sorriso imenso, faz uma mesura desconjuntada e convida os três para caminharem conosco pela O'Connell até chegarmos no calçadão da Henry. Ele e Magnus vão na frente, guiando os turistas e construindo o clima com histórias fantásticas e completamente mentirosas. Seewoosagur e eu acompanhamos o grupo na retaguarda, sem termos muito o que fazer a menos que surja algum imprevisto.

Dobramos na Henry e em menos de meia quadra Magnus indica nossa primeira parada. Pelo visto é uma das novas atrações, sobre as quais nada sei e nem preciso saber. Sou apenas um segurança disfarçado. Barry aponta muito animado na direção de uma porta discreta na fachada de um dos prédios comerciais, no intervalo entre uma loja de brinquedos e um restaurante italiano. Viro a cabeça para a esquerda e para cima e fico olhando a ponta da Spire. Meu estômago ronca com mais força. Sinto as pessoas passando por mim com sacolas, algumas chegando a esbarrar em mim, mas me concentro na ponta de metal fosco contra o cinza-azulado do céu. Durante o dia o medo é mais brando, mas o risco ainda existe. Especialmente de manhã, tendo ingerido cafeína e com tantas pessoas ao meu redor. Epidemias de varíola na Itália. 1814. 1839 a 1845, mas talvez isso tenha sido meningite. Preciso revisar minhas pesquisas. 1870 a 1872. Dessa, todavia, eu tenho certeza, porque foi a primeira da Itália unificada. 1900 a 1902. 1920 a 1921, o vírus trazido pelos soldados dos campos de batalha da Primeira Guerra. Certo. Volto a olhar para a rua e a primeira coisa que enxergo é um grupo de pessoas com máscaras grotescas de papel machê e animais empalhados embaixo do braço. Um pouco incomum, ainda que esteja chegando o Halloween. Fico acompanhando a passagem do cortejo até a voz aguda de Seewoosagur estrilar nos meus ouvidos:

— Último dodô o caralho!

Nunca tinha ouvido Seewoosagur usando esse tipo de palavreado. Nunca o tinha visto perder o controle dessa forma. Tem alguma coisa errada. Avança na direção de Magnus e agarra com as duas mãos a camisa floreada que ele usa por baixo do blazer de veludo.

— Último dodô o caralho! — repete, sacudindo Magnus com violência. — Como vocês podem dizer uma coisa dessas?

Barry ignora o protesto e segue tagarelando, sacudindo os braços em todas as direções para capturar a atenção dos nossos três clientes:

— Como eu ia dizendo, meus parcêro. Foi bem aqui neste lugar que o último dodô foi exposto ao público, no final do século XIX. Imagino que cês conheçam o dodô — Barry tira do bolso do moletom um papel dobrado em quatro, que ao ser aberto revela a gravura novecentista de um dodô. — Isso aí mesmo. Aquela mistura de galinha e avestruz com umas coxa de dinossauro. Pois não é que foi bem aqui que o último desses bicho morreu? Dizem que depois ele foi empalhado e que daí, no porão desse prédio aqui na nossa frente...

— Último dodô o caralho! — Seewoosagur empurra um Magnus atônito por cima de Barry. — Os dodôs viviam nas ilhas Maurício, seus filhos da puta! O último dodô morreu na ilha Mascarenhas!

— Macarena? — Barry cantarola, improvisando uma coreografia latina pelo calçadão. — *Hey! Macarena!*

— Parem de sacanear o meu país, seus débeis mentais! — os olhos de Seewoosagur estão amarelos e inchados, e o corpo magro e musculoso parece a ponto de explodir. — E que porra um dodô tem a ver com lugares assombrados? De onde vocês tiraram essa ideia cretina?

O casal de alturas e etnias díspares se entreolha. A espanhola roliça começa a ir embora, mas Barry a segura pelo braço. Ela reage com um grito e um tapa. Todos começam a discutir aos berros. As pessoas saem das lojas para ver o que está acontecendo. Uma rodinha se aglomera ao nosso redor. Eu não vejo mais nada, apenas sinto. Epidemia de malária na Etiópia. Mil novecentos e nem sei mais. Não consigo encontrar as datas, os números se embaralham na minha cabeça e as moléstias viram um mal-estar único e imperioso, concentrado em todas as células do meu corpo. O medo chega de vez, e sem pausa se torna a raiva. A raiva pura. E ao me pegar de surpresa ela toma conta. Procuro o casal, mas tudo que enxergo são manchas. A gritaria cresce e se apresenta a mim na forma de borrões pontiagudos que querem me destripar e mastigar meus intestinos expostos. Não consigo me enxergar de fora nem entender o que estou fazendo, mas parece que estou andando em círculos sem sair do mesmo lugar. O medo quer sair, precisa se misturar com a nódoa que se tornou tudo que existe. Uma centelha dourada rouba o pouco que ainda me resta de atenção. Meu esqueleto é percorrido por uma sensação de eletricidade pastosa e meus punhos se fecham, cravando minhas unhas na parte mais carnuda das mãos. Não consigo mais. Sou jogado para fora do corpo e me vejo armando um murro. Meu braço esquerdo se estica na velocidade de uma sinapse até atingir o brilho dourado. O choque físico de uma extremidade do meu corpo contra aquilo me puxa de volta para dentro. Estou preso no interior do meu crânio. Estranho os solavancos na minha respiração, mas continuo sem enxergar coisa alguma além de um borrão multicolorido passando diante dos meus olhos em moto--contínuo. Alguma coisa contém o avanço do meu corpo e os movimentos dos meus braços e das minhas pernas, e tenho a sensação de estar amarrado a um rochedo no fundo do oceano, rodeado por peixes abissais com apêndices luminosos. Não quero mais fazer força, desisto de lutar contra o que está me contendo, e ordeno aos músculos que parem. Não consigo avaliar meu sucesso. Fecho os olhos. Epidemia do Exército de Barbarossa. Não lembro. Epidemia de Poliomielite em Los Angeles. Nada. Em que ano estamos? Não sei. Minha avó em Nowe Grądy. Consigo me recordar das galinhas, das cabeças em forma de cone encimadas por cristas volumosas. Lembro quando ela levou todos os netos para ver os pintinhos recém-saídos do ovo. Entregou um bichinho para cada um de nós, pintinhos malhados de preto e prateado. Senti tanto medo de deixar o meu bichinho cair no chão que acabei exagerando na força ao segurar, espremendo o coitado até as tripas aparecerem. Lembro que não chorei, mas fiquei bem nervoso com aquilo por alguns anos. Morrendo de medo de tocar em coisas frágeis com todo o cuidado e mesmo assim causar pequenas tragédias. Depois passou.

Abro os olhos e tento me concentrar na minha respiração, agora mais tranquila e controlada. Estou deitado na calçada, de barriga para cima. Várias pessoas estão me segurando, entre elas Magnus. Tento dizer que está tudo bem, que já podem me soltar, mas minha voz não sai. Ninguém está olhando para mim. Viro a cabeça e enxergo os cachos ruivos de Barry, que está caído na calçada a alguns metros de distância. Com um puxão repentino consigo libertar o braço esquerdo, que está pulsando, e o trago para mais perto do rosto. Um canino de ouro está cravado entre o indicador e o dedo médio, e o sangue que deixou a boca de Barry se mistura com o que está escorrendo da minha mão. Viro a cabeça para a direita e enxergo a polícia chegando com suas fardas azuis e seus coletes amarelo-fluorescentes. Certo, entendi. Desisto. Deixo o corpo bem mole e espero. Se a vida não me quer mais, ela que se foda.

De início achei que podia ser piada, mas nem é. Não tem nada de brincadeira. É isso mesmo que eles estão falando. A Ciara era virgem, deixou de ser com o Oisín e por causa disso agora ela não pode mais ser sacrificada pra invocar um anjo com pele de lagarto, alimentar um deus-serpente e com isso salvar o mundo. Agora quem precisa morrer no lugar dela é a única virgem que restou no grupo. E essa pessoa sou eu. Eu, que antes queria tanto morrer no alto de uma montanha gelada e agora até que não acharia ruim existir mais um pouquinho porque as coisas estavam ficando meio divertidas. Mas tudo bem. Essas pessoas acreditam mesmo nessa história toda, e eu também quero acreditar pelo menos um pouco. Ou pelo menos deixar que exista essa possibilidade. Estou falando da chance de eu talvez decidir acreditar nessas coisas, não de elas serem mesmo verdade. No meio da tarde, depois da meditação em grupo, o Oisín apareceu com um furgão na frente da casa. Não era bem um furgão, era meio que uma cápsula sobre rodas, em forma de pastilha e bem antiga. Nem consegui entender onde ficava o motor. E olha que ele fazia um barulhão, mesmo com o furgão parado. Uns estalos meio secos. Aí todo mundo ajudou a levar sacolas e caixas pra dentro dele, e o Demetrius apareceu com um cajado com ponta de forquilha. E daí a gente embarcou na lata velha. Eu, o Demetrius, a Siobhán, a Deirdre, a Ciara e o Oisín. O furgão foi saindo de Howth e cruzando aos pouquinhos por Dublin inteira, seguindo na direção das montanhas Wicklow. Que não têm neve e nem são bem montanhas. Só uns morros meio grandes e sem árvore nenhuma, com uns vales bem bonitos e muitos campos de turfa. Uma terra bem preta. Lembro de ter passado por aqui numa excursão do colégio ano retrasado. Parece que era desse lugar que vinha toda a turfa usada como combustível na Irlanda por um tempão. E acho que encontraram umas múmias ali no meio, também. Não lembro bem se era aqui, mas era em turfa. Morrer e ter o corpo conservado em turfa não parece muito bom. Mas o gelo também mumifica, acho. Eu nunca tinha pensado nesse detalhe antes desta viagem que vai ser minha última. Que coisa. Eu não quero virar múmia. Não quero que meu corpo dure muitos séculos depois de virar só uma lembrança de parte de tudo que eu fui. Uma lembrança enganosa. Espero que não joguem meu corpo na turfa depois do sacrifício. Aceito morrer pra salvar o mundo, mesmo não acreditando nisso. Eu queria morrer desde o início, então melhor me concentrar de novo nisso. Mas quero que o meu corpo desapareça bem loguinho. Sem ninguém pra me achar daqui a mil e duzentos anos e ficar tentando entender quem eu era. Não aguento isso nem agora.

 Uma coisa da qual eu vou ter um pouco de saudade é do espelho na entrada da casa de Asgard Road. Tem uma moldura dourada toda cheia de curvas e detalhes, dividida ao meio. Primeiro parece os olhos bem redondos de uma coruja. Aí depois que você fica um tempinho olhando, ele muda. Pelo menos pra mim mudava. Especialmente quando eu dava uns passos pra trás. Aí parecia mais os olhos de uma caveira. As órbitas, porque caveira não tem olhos. Tem só o lugar onde ficavam os olhos. As órbitas vazias. E em cima do espelho, bem no alto da partezinha que divide ele em duas partes arredondadas, tem um escaravelho. Que eu lembro de ter lido nas revistas esotéricas do meu vô que era o símbolo da alma pros egípcios. Acho essa uma ideia bem legal. Não que eu acredite em alma. Mas é legal, isso de acreditar que a alma é um besouro. Um besouro que rola cocô até ficar bem redondinho. Como se o besouro fosse a essência da pessoa e a bolinha de cocô fosse o corpo. Aí quando a pessoa morre o corpo vai embora. O escaravelho para de rolar o cocô e fica sozinho. Só ele, brilhando bem verdinho pra sempre. Só a alma, que é a essência e não morre nunca. É uma ideia bonita. Mesmo que os egípcios também gostassem de deixar múmias pra trás. Tipo um pedaço de cocô enrolado em tiras de linho. Nossa, como eu penso besteira. Mas eu gostava mesmo de ficar me olhando ali no espelho. Quando você olha muito tempo pro seu reflexo a imagem começa a tremer. Depois se dissolve. Aí a pessoa que aparece ali não é mais a pessoa que está do outro lado. Uma coisa muito maluca. Adoro. Vou sentir muita saudade desse espelho. E de caminhar pelas ruazinhas de Howth. Descer aquela escadinha meio escondida perto da rua que fica de frente pros barcos. Sentar no muro do cemitério da igreja em ruínas e ficar olhando pro farol e pro mar. Mas que bobagem, também. Morto morre. Tudo morre, não sobra nada. Só o corpo pra adubar a terra que nem cocô, isso quando ele não vira múmia. Mas eu sei que não existe escaravelho nem alma. Não sobra coisa nenhuma. Nada que consiga sentir saudade. Já devo estar ficando idiota, como meu vô avisou. Mas idiota que morre pra chamar um anjo lagarto e salvar o mundo com certeza faz parte dos idiotas extraordinários, então tudo bem. Meu vô ia gostar de saber que eu cheguei lá.

No meio do caminho a Siobhán resolve cantar aquelas músicas dela. Sobre as cobras da gnose que brigam com os homões de Órion. Ninguém canta com ela. Nunca. Nem o Demetrius. Mas ela nem se importa, acho, porque fica cantando igual. O Demetrius tá bem quieto, passando a mão na careca e no rabo de cavalo o tempo todo. Ele sua muito. A Deirdre fica sacudindo a perna sem parar, uma coisa que ela também faz o tempo todo. E a Ciara fica fazendo carinho atrás da cabeça do Oisín. Ele parece meio nervoso dirigindo. Deve ser porque ele não tem idade pra ter carteira e se alguém mandar o furgão parar a gente pode se dar mal. Pra mim o Demetrius ou a Siobhán é que deviam estar dirigindo, porque são adultos. Ou a Deirdre, mas às vezes ela treme tanto que eu ia ter medo de andar num furgão com ela segurando o volante. A estradinha é bem estreita. Acho que quando chove a coisa deve ficar meio feia por aqui. O Oisín fica dizendo *não falta muito* mesmo sem ninguém perguntar. Por mim tanto faz, não estou com tanta pressa de morrer. Sei que vai ser hoje, então tudo bem. Prefiro aproveitar o que ainda me sobra. Ando tendo uns sonhos bem esquisitos. Não são pesadelos. Nunca tive pesadelos. Nem sei como é. Então tem uma possibilidade de que sejam mesmo pesadelos, não sei. E o engraçado é que eu nem lembro desses sonhos. Fica só a sensação mesmo. Como a memória de uma coisa que não tem como ter acontecido. Então só pode ser um sonho. É uma impressão forte de que eu matei alguém. Um sentimento bem real. Fico até com vontade de confessar o crime. Mas eu sei que não matei ninguém. É só uma coisa que eu sinto por algum tempo depois que acordo. Então só pode ter aparecido em algum sonho. Mas não dá pra diferenciar. Uma coisa bem maluca.

 Depois de um tempo somem os campos de turfa e a estrada passa por um vale. Aparecem muitas árvores e tudo fica bem mais bonito. Sinto um pouco de fome mas nem falo nada. A Siobhán parou de cantar e está todo mundo quieto. Quieto e sério. Não entendo como eles podem estar assim se daqui a pouco vão salvar o mundo. Talvez estejam pensando se vale mesmo a pena fazer isso. É uma possibilidade. Pelo menos é isso que eu estou pensando. Tem muita coisa boa no mundo, acho. Mas sei que tem muita coisa ruim também. Fico tentando me concentrar nas coisas que eu sei que são boas. Porque senão vou estar confundindo a minha vida com o mundo inteiro. Com a vida de todas as pessoas que existem no mundo. Todas as pessoas e todas as criaturas. E isso ia ser errado demais. E idiota demais. Mas sem nada de extraordinário. O Oisín sai da estrada principal e depois de um tempinho estaciona o furgão no meio de dois ônibus de excursões. Também conheço esse lugar aqui. Pelo jeito a gente está fazendo o mesmo roteiro da excursão que fiz com o pessoal do colégio. Aquela na qual eu tive uns probleminhas. Que coisa.

    E tudo por aqui continua igual. Está ali como tem estado nos últimos mil e quinhentos anos, ou algo assim. A gente passa por um portão de pedra muito antigo, sobe uns degraus e chega no cemitério. Muitas cruzes de muitas épocas diferentes. Dá pra ver de longe as ruínas do mosteiro. E de uma igreja também, e da minha coisa preferida nesse lugar, que é a torre. Um cilindro de pedra bem comprido, terminando numa ponta que parece um chapéu em forma de cone. E um pouco depois do meio da torre, bem no alto, tem uma porta. É a única entrada. Tem outra abertura mais em cima, mas deve ser uma janela. A torre servia pra proteger os monges que moravam aqui dos vikings que subiam as montanhas pra roubar tudo que eles tinham. Acho que eram vikings, não lembro bem o que o professor disse nessa hora. Mas aparecia uma gente ruim que colocava fogo em tudo, matava e roubava os tesouros deles. Aí, quando alguém via de longe esse pessoal chegando, os monges encostavam uma escada bem grande na torre. Botavam as coisas preciosas deles dentro de sacos e subiam pela escada. Aí quando estava tudo bem seguro lá dentro, os monges, os livros e as coisas de ouro, eles puxavam a escada e ficavam trancadinhos na torre. Esperando os vikings. Acho que os vikings não tinham escadas. Pelo menos no começo. No fim acho que aprenderam a levar escadas na viagem, porque um dia tudo que existia aqui foi destruído e sobraram só essas ruínas. Mas aí nem sei mais quem foi. O legal mesmo é a torre. Agora ela fica ali no fundo da paisagem, vazia. A gente vai caminhando pelo cemitério. Uns turistas tiram fotos. É tudo bem bonito mesmo, e tem um lago que daqui não dá pra ver, mas eu adorei conhecer no dia da excursão. Duas moças simpáticas seguem com uma câmera um cara com cabeça de ovo e barbicha de bode que fica caminhando pelo meio das lápides. Não entendi isso muito bem. Um pessoal de colégio faz algazarra. Como a minha turma também fez naquele dia, ainda mais depois do probleminha. Depois do cemitério tem mais ruínas e mais adiante a floresta, que é pra onde a gente vai. Muitos carvalhos. Uma trilha cheia de folhas marrons com aquelas voltinhas. Tantas cores. Algumas das árvores parecem estar pegando fogo de tão alaranjadas. Passamos por umas pedras e por uma árvore toda desfolhada com pedacinhos de pano colorido amarrados por todos os galhos. Deirdre pisca muito os olhos verdes e diz que aqueles trapinhos são pedidos. Ela aprendeu isso com os neopagãos de Cabra. A pessoa pensa em alguma coisa que quer ou precisa muito e depois amarra o pedaço de pano na árvore. Uma tradição antiga. Como toda tradição, eu acho. Não sei se dá pra dizer que uma coisa nova é uma tradição. Acho que daí o nome certo é hábito. A gente sai da trilha e vai se enfiando bem no meio da floresta, caminhando sem parar por uns quinze minutos. É meio que uma subida, porque a floresta fica num terreno inclinado. Quando chegamos numa clareira, o Demetrius levanta a mão e diz que é hora de esperar. Aí todo mundo senta no chão mesmo e a gente fica ali enquanto o sol vai morrendo por trás de algum morro. Como eu também vou morrer daqui a pouco. Não sinto nada.

 Com o escuro chega o frio. O Demetrius tira coisas das caixas e dos sacos com ajuda do Oisín, que segura uma lanterna com facho muito forte e branco. Ciara chega perto de mim e passa a mão no meu rosto. A mão dela é quente e suada. *Tão magrinha*, ela diz. Depois dá um beijo na minha testa e se afasta de novo. Quando vejo que todos estão tirando a roupa me dá um nervoso. Siobhán vem sorrindo e estende um pano branco pra mim. Pego sem perguntar nada e ela diz *Veste, Patricia*. É tipo uma túnica. Todo mundo está vestindo a sua. Cada uma de uma cor. Peço licença e entro mais um pouco pra dentro da floresta. Longe da clareira, da luz da lanterna e dos outros. Tiro a roupa todinha. Coloco a túnica, que mais parece um saco com um buraco pra eu enfiar a cabeça. Fica meio curta demais em mim. Na parte da frente tem uma pintura de uma cobra enrolada numa forquilha. Bem bonitinha. Em cima da cobra tem um negócio que parece uma mistura de coroa com disco voador. É difícil enxergar direito os detalhes, mesmo com a lua cheia.

 Volto pra clareira e agora tem um caldeirão pequeno bem no meio, de metal escuro. O Demetrius soltou o rabo de cavalo e ficou pelado, mas não dá pra ver o pinto dele. Tem muito pelo, muita barriga. E nem a luz da lanterna ajuda. Ainda bem. Ele faz um sinal com a mão. Acho que está querendo que eu fique bem aqui onde estou. Aí eu fico. Tirando nós dois, cada um dos membros da Família está parado num canto diferente da clareira. A Siobhán com uma túnica vermelha. A Ciara de verde. Deirdre, azul. E acho que a túnica do Oisín é marrom bem escura, mas pode ser preta. Todos estão de olhos fechados. Aí levantam os braços e começam a fazer um som que parece um zumbido. Ninguém abre a boca, sai tudo pelo meio dos dentes e dos lábios.

Daí o Demetrius pega o cajado com ponta de forquilha e desliga a lanterna. Não escuto barulho algum na floresta, parece até que não tem bicho nenhum por aqui. Nem insetos. Acho isso bem estranho. Fico piscando até meus olhos se acostumarem com a escuridão. A luz da lua passando pelas folhas dos carvalhos faz uns desenhos bem legais no chão da clareira. O Demetrius vai usando a ponta do cajado pra traçar um círculo na terra. Começa por trás da Deirdre e vai rodeando ao contrário do sentido dos ponteiros do relógio até chegar na Siobhán. Deixa só um espacinho sem contorno, servindo de porta. Aí ele pega um saco pequeno e faz um sinal com o cajado, me chamando. Entro pelo espaço que ele deixou aberto no contorno. O Demetrius entra depois de mim e fecha o traçado. Caminha até o meio do círculo e indica com o queixo o lugar onde eu preciso ficar. Bem na frente dele, do outro lado do caldeirão. Paro ali, sem saber o que fazer. Não que eu precise saber, pelo jeito. E às vezes é até bom não saber, mesmo. Até porque eu sei como termina. Com minha morte. E foi pra isso que eu saí de casa, mesmo. Então tudo bem.

O Demetrius coloca o cajado deitado na terra, deitado na frente dele de comprido. Faz isso com muito cuidado. Daí ele tira uma coisinha escura do saco. Parece um pedacinho de carvão do tamanho de uma ameixa meio gorda. Coloca dentro do caldeirão e mistura com outras coisas que tira do saco. Parecem umas ervas, uns galhinhos. Não dá pra ver direito. Aí ele pega uma bisnaga e esguicha um líquido em cima daquilo tudo. Acende um fósforo e joga. O fogo quando nasce faz um puf! meio seco. Ele tira uma faca do saco. Parece mais uma adaga, porque tem dois gumes. E um cabo preto. Daí ele pega o cajado de novo, ergue os braços e fecha os olhos. Os outros continuam zumbindo sem se mexer, mas agora cada um num tom diferente. Oisín bem grave, Siobhán bem agudo. O Demetrius vai respirando cada vez mais fundo e mais curto, com lábios entreabertos e dentinhos cerrados. Mas acho que o ar está entrando e saindo só pelo nariz mesmo. Parece que alguma coisa vai escapar de dentro das narinas dele. E daí ele abre os olhos e para de respirar daquele jeito. Tem alguma coisa estranha nos olhos do Demetrius. Na expressão toda. Uma calma que eu nunca tinha enxergado antes. E a bolinha dos olhos parece bem pequena e fina. Quase um risco, que nem um olho de réptil. Nossa.

    Dia claro, noite escura, os outros começam a cantar andando ao nosso redor. Cantam e andam, virados de frente pro interior do círculo. Andam cada vez mais rápido. Quando o Demetrius olha pra cima e grita *Dos ofídios a criatura está aqui a invocar*, eles começam a andar na direção inversa e cantam *Venham todos escutar*. Ficam repetindo aquilo bem forte. *Venham todos escutar, venham todos escutar, venham todos escutar*. E correndo ao redor do círculo. Cada vez mais rápido. Faz até um barulhinho de vento. O fogo no caldeirão vai subindo e ficando verde. Meio que um redemoinho esverdeado de fogo. Não consigo entender. O Demetrius baixa o cajado e os outros param de cantar e correr. O redemoinho no caldeirão baixa e volta a ser fogo. Fogo comum. Aí o Demetrius fala um monte de coisas que talvez dessem medo em quem não cresceu convivendo com meu vô e os assuntos dele. Era uma mistura de mitologia celta com ufologia e muitas coisas diferentes. Um negócio muito cafona e sem pé nem cabeça. Crom Cruach devorando o núcleo do planeta. Um terremoto destruindo tudo. Apenas o sangue de uma virgem pura e reptiliana pode acalmar o deus-serpente que veio do espaço sideral. Sei que ele está falando de mim. Virgem eu sou, mas nem sabia que também fazia parte desses reptilianos. Nem nome novo o Demetrius tinha me dado ainda. Mas tudo bem. Só quero que ele feche a boca de uma vez e enfie aquela adaga em mim. Bem no coração. Acabando com tudo. Fico com vontade de perguntar por que a gente precisa salvar o mundo se ele acaba de dizer que o planeta já caiu nas mãos da Confederação Galáctica e a batalha se perdeu. Vai ver Crom Cruach tem razão nessa história de destruir tudo e esse pessoal está atrapalhando os planos dele com essa história de sacrifício. Sei lá. Vai que isso nem passou pela cabeça deles, nem todo mundo é como eu e gosta de considerar todas as possibilidades. O Demetrius falou do coração de Valentim, o santo católico. Agora está falando dos filhos de uns tais de Nefilim. Não sei quem são, vai ver ele inventou. Parece uma peça de teatro muito ruim baseada no livro esotérico mais vagabundo que alguém já escreveu.

Daí os outros tiram as túnicas quando o Demetrius fala *Céu* três vezes. Fica todo mundo pelado. Eles chamam isso de se vestir de céu, aprendi lá na casa de Asgard Road. Pronto. Acho que vai ser agora. O Demetrius ergue os braços de novo. Não sei pra onde olhar. Tento me distrair olhando pro rosto da Deirdre, que fora o Demetrius é a pessoa que está mais perto de mim. Mas aí meus olhos descem pros peitos dela. Como são bonitos. Como eu queria aqueles peitos. Pra mim ou em mim. Tanto faz. Qualquer coisa me servia. Aceito as duas possibilidades. Mesmo com o frio todo, eu sinto um calor descendo pela minha barriga até chegar nas pernas. Parece até que tem um líquido escorrendo pelas minhas coxas. Mas não tem nada, é só uma sensação maluca. Tento parar de ficar olhando pros peitos da Deirdre. Não consigo. Isso não vai dar certo. Segurando a adaga, o Demetrius passa por cima do caldeirão pra chegar mais perto de mim. Fico esperando os pelos pegarem fogo, mas nem chamuscam. Agora vejo melhor os olhos dele. Estão bem normais, são os mesmos olhos de sempre. Acho que me enganei antes. O Demetrius para bem na minha frente com a adaga e diz que chegou a hora de eu também me vestir de céu. Já tinha entendido que isso é tirar a roupa. Aí eu tiro. Nem penso. Jogo a túnica embolada dentro do caldeirão. Essa parte foi sem querer. O fogo parece que vai se apagar, mas logo queima o tecido da túnica e volta a iluminar a clareira. E bem nessa hora eles me olham sem roupa e enxergam o pinto.

Mas. É a única coisa que o Demetrius diz. *Mas.* Os outros continuam sem falar e sem se mexer. Ele atira a faca no chão e se afasta. Sai do círculo de qualquer jeito, apagando uma parte do contorno com os pés sem nem se importar. Aí desaparece no meio da floresta. Por uns segundinhos eu sinto que o mundo vai mesmo acabar e que a culpa é toda minha. Que eu não devia ter mentido. Não devia ter enganado ninguém. Mas só que tem uma coisa. Ou melhor, duas. Em primeiro lugar, a pessoa tem que ser muito burra e muito triste pra acreditar nessa conversa toda do Demetrius. E eu sou só muito triste. Em segundo lugar, eu não menti. Não enganei ninguém. Não tenho culpa se o meu corpo diz uma coisa e a minha cabeça diz outra. A culpa não é minha coisa nenhuma. A culpa, se é que ela existe mesmo, é todinha de quem não enxerga as coisas como elas realmente são. Dessa gente que enxerga cobra do espaço onde só tem macaco pelado. *Tudo perdido!*, vem um grito do meio da floresta. Olho pra Deirdre, que está olhando pra minha virilha. A Siobhán diz *Patricia?* com as mãos na boca. O Oisín e a Ciara estão abraçados. Sorrindo. Eu também sorrio pra Deirdre, que sacode a cabeça. *Agora só mesmo a arrebatação!*, Demetrius volta berrando. Todo babado e ridículo. Daí ele para na minha frente e me sacode bem forte com as duas mãos. *A arrebatação para o plano dos Tuatha Serpentinos!* Os dedos dele se afundam no meu ombro e nos ossinhos da clavícula. Dói. Mas eu nem me mexo. Deixo ele me chacoalhar bastante e falar aquelas bobagens todas. Que debiloide esse Demetrius. Bem, então parece que vai ser isso mesmo. Não vai ter outro jeito. Ou o mundo deixa de existir, ou eu. E isso, agora eu aprendi, não dá no mesmo.

— Cada um leva a vida que quer — insiste Rod dependurado no muro antes de se deixar cair em pé no pátio interno da igreja de St. Michan.

— Nem começa — resmunga Marcel, ainda no alto, e atira no chão a sacola de lona cor de vinho com a inscrição *Duck & Donut Café* e o desenho de um pato de borracha amarelo conversando com uma rosquinha glaceada. A grama alta abafa o impacto.

— Admite — Rod passa a cochichar. — Exceto por doenças graves e catástrofes que devem acontecer com uns três por cento das pessoas no mundo ocidental, é isso aí.

Marcel sacode a cabeça, desce pelo muro e se agacha ao lado da sacola. Não diz nada. Abre o zíper, mais uma vez sem se preocupar muito em não fazer barulho.

— Você quer que a gente seja preso antes mesmo de entrar no porão da igreja, é isso? — Rod protesta. — Dá pra ter um pouco de cuidado?

— Para com isso, medo é um sentimento burguês — Marcel

coloca a mão no peito. — Um membro do Trevo Negro é um agente livre e não precisa pedir licença a ninguém. Encarna a vontade adormecida da multidão.

— Multidão é o que vai aparecer se você não parar de fazer barulho. Eu não represento multidão nenhuma. Estou aqui em meu próprio nome, levando a vida que quero.

— Se você não parar com esse negócio agora mesmo — Marcel aponta a lanterna acesa para o rosto de Rod — eu vou bater com o alicate naquela porta de ferro. Eu vim aqui roubar uma múmia. Com você. Em nome do Trevo Negro. É isso. Não quero debater livre-arbítrio. Você já me encheu o saco com esse discurso.

— Empresta a lanterna e aquele alicate. Mas chega de barulho.

— Eu preferia mil vezes estar invadindo a biblioteca do Trinity agora. Até roubar o coração de São Valentim faria mais sentido. Qual a importância dessas múmias, hein?

— Todo mundo está roubando alguma coisa hoje, Marcel. As múmias ficaram com a gente.

— Sim, a coisa mais sem sentido de todas. Que beleza. "E as múmias, quem vai roubar? Ah, mandem o brasileiro e o belga! Isso é coisa pra intercambista." Aí eu pergunto: é isso o internacionalismo? A quem interessa essa segregação?

— Marcel, o alicate.

— E ainda se dizem terroristas poéticos. Esses porras não sabem nada do mundo. Ficam me mandando falar coisas em flamengo. Desde quando valão fala flamengo, me diz?

— Ui, ninguém tem pena do valão grandão. Vou chorar.

— Então vou chamar você de argentino daqui pra frente. Aposto que vai achar *fantastique*. Mas me diz uma coisa, Rod. Como vamos levar essa múmia? E onde a gente vai esconder? Ninguém pensou nesse detalhe.

— Calma, vai ser fácil.
— Bem que podia ser o Livro de Kells. Conheço de alto a baixo a Long Room da biblioteca, até sei de cor os bustos que decoram a sala. Na esquerda tem Shakespeare, Francis Bacon, Milton...
— Agora quem está pedindo sou eu, Marcel. Cala a boca, por favor. E me dá o alicate.
— Na direita Burke, doutor Parnell com queixo duplo e uma cara simpática...
— Quem ficou com a biblioteca foi a Laura e aquele Magnus. Não é você que decide isso, foi a vontade da assembleia. E além disso é a Laura que sabe desarmar alarmes. Me dá o alicate.
— O reitor Swift com um chapéu legal, Demóstenes com um ar distraído...
— Me dá o alicate, Marcel.
— Toma essa merda. Ah, então quem decide não sou eu? Então não estou levando a vida que quero?
— Você está misturando as coisas e esse negócio está todo enferrujado. Não precisa de alicate nem de lima. Me dá o pé de cabra.
— Eu podia ter ido com a Laura, ué. E o cabeçudo vinha aqui pra St. Michan com você.
— Viu? Uma alavanca simples e pronto, abriu. Acho que essa tranca é mais velha que as múmias. E quem quis vir comigo foi você, Marcel. Não lembra?
— Não.
— Pois é. Você cria as condições pelas quais se move e depois nem lembra. Depois nega que cada um leva a vida que quer. Faz sentido.
— Não é assim, e agora eu lembrei. Quando o Francis John...

— Cuidado com os degraus, esse troço é íngreme. Pra que lado ficam as múmias?

— Peraí, tenho uma questão de ordem.

— Nem começa. Diz uma coisa, Marcel. Quando aquela sua namorada uruguaia que estuda em Galway engravidou, você me pediu dinheiro emprestado pra ela fazer aborto na Inglaterra, não foi?

— Que porra isso tem a ver com o assunto?

— Cada um leva a vida que quer. Você podia ser pai agora, mas escolheu não ser. Criou as condições em que vive agora. É senhor do próprio destino, como todo mundo. Estamos o tempo todo vendo o ambiente mudar e mudando com ele. E as escolhas são nossas.

— Mas puta que o pariu, Rod. Me dá essa lanterna.

— Escolhemos trazer uma lanterna só. Foi um erro, mas foi nossa escolha. Olha só, aqui desse lado não tem múmia nenhuma.

— Quem estava grávido era eu, Rod? Me passa a lanterna de uma vez. Era eu que estava no útero da Aline?

— Que Aline? A uruguaia?

— Ela é chilena, mas isso não importa. Eu não queria ser pai, mas por ela a criança tinha nascido. E acho que podemos concordar que o interesse primário do feto era existir. Havia dois outros envolvidos diretos na situação e agora nenhum deles leva a vida que quis naquele momento, porque a decisão vencedora foi a minha.

— Para, para, para. Calma. Primeiro vamos definir volição e agência.

— Não, Rod. Primeiro vamos decidir o que fazer agora que estamos aqui dentro. A gente vai roubar a múmia inteira? Vem pro fundo do porão, é nesse nicho aqui.

— São quatro? Achei que eram três.

— Rod, você já tinha vindo aqui antes?

— Claro que não, é coisa de turista. Sou um estudante sério. Mas acho que eram três, hein. Quem sabe a gente leva só um dedo, sei lá?

— Olha aquela ali. Aquela no caixão encostado na parede, com um dedo preto, viu? Ficou assim de tanto que o guia fica atiçando os visitantes a passarem a mão. Aí ele diz "não parece couro?". Anos e anos fazendo isso.

— Entendi. Mas não faz sentido só levar um indicador preto.

— Vão perceber na hora que está faltando. Nossa ação cumpre seu papel.

— Mas precisa ser uma coisa mais dramática. E o que a gente vai fazer com um dedo de múmia, me diz? O Livro de Kells ainda dá pra vender e fazer caixa pro Trevo Negro.

— Vender? Você ficou maluco de vez, Rod? E quem ia comprar? "Olha só, agora eu tenho o Livro de Kells, um patrimônio nacional da Irlanda que roubaram pra eu comprar."

— Estou vendo que além de não entender nada de livre--arbítrio você está totalmente por fora do mercado negro de artefatos históricos. O mundo está cheio de milionários com coleções particulares só de coisas roubadas, Marcel. A propriedade privada permite essas perversões.

— Mas mesmo assim! Não é pra vender, é pela dissonância cognitiva. Pra acordar o país. Pela dor de cabeça que vai causar no governo, essas coisas. Cinco símbolos nacionais desaparecidos numa só noite. Imagina.

— Grande símbolo nacional que é a bichona na pedrona. Falando nisso, quero só ver como vão arrancar aquela estátua e depois carregar pra fora da praça. E ainda vem você dizer que nós dois ficamos com a tarefa mais idiota.

— Vamos ter que levar sem o caixão, não tem jeito de passar esse negócio por cima do muro só com duas pessoas.

— E por que ninguém mandou a Laura pegar a harpa além

do Livro de Kells, já que ela vai estar lá dentro da biblioteca mesmo e estamos falando em símbolos nacionais?

— É homem ou mulher, essa múmia? Você sabe? Século dezessete, é isso? Essa múmia levou a vida que quis, Rod? Essa pessoa escolheu ficar aqui depois de morta e virar atração turística depois de alguns séculos?

— Marcel. Dá aqui a sacola. Chega. É sério isso.

— Você falou em agência e eu fiquei pensando. Se estamos falando do que alguém consegue fazer com as coisas que lhe acontecem, sem esse negócio de "escolha", aí sim admito que existe uma possibilidade de agência dentro dos limites de cada pessoa e de cada cenário.

— Defina cenário.

— Somatório de envolvidos e condições que levaram até aquele "entroncamento".

— Odeio quando você faz essas aspas com os dedos. Pare. É uma ordem, isso. Entroncamento?

— É, "entroncamento". Você entendeu, Rod. E o cenário é bem mais importante que a pessoa, até porque "pessoa" como entidade estanque é um negócio ainda mais ilusório que essa conversa de "escolha".

— Se entendi direito, você está admitindo que é possível alguém levar a vida que quer. Está aceitando a possibilidade de agência.

— Não, Rod. Estou concordando que existe uma possibilidade de agência, mas é limitada. É como estar prestes a ser enrabado a seco, sem "escolha" e sem "querer", e ter a oportunidade de decidir, entre duas, qual pica vai fazer o serviço. E são duas pirocas descomunais.

— E se a pessoa gostar de ser enrabada a seco?

— Guarda essa falácia lógica no bolso e me deixa terminar. Agora entendi. Você está confundindo essa possibilidade mínima de agência com a existência de livre-arbítrio, até porque essa escolha entre as duas picas cria a ilusão de que alguém pode "construir" a própria vida e assim por diante.

— Mas a vida não é imutável. As precondições não determinam o resultado, determinam o cenário. O resultado continua a depender das nossas decisões dentro desse cenário, que está em constante mutação. E assim eu posso decidir se vou fazer o que eu quero ou o que o outro quer. Viu? Não precisei fazer essa coisa com os dedos. É moda na Bélgica, isso?

— Mas por favor. O "outro" também é "você", Rod. Num "cenário" de duas "razões" conflitantes onde apenas uma sai "vencedora", a outra "razão" sai do "cenário" sem a vida que "quer". Logo, não é correto dizer que "cada um tem a vida que quer". É disso que estou falando.

— Isso só vale se você ignorar que a existência de duas razões conflitantes deriva de uma escolha anterior.

— Tudo sempre deriva de causas anteriores, Rod. É justamente o que estou falando desde sempre. "Causas", não "escolhas".

— Em retrospecto, é fácil perceber que estamos o tempo todo escolhendo. Só não percebemos na hora.

— Ou seja, ninguém leva a vida que quer e todo mundo leva a vida que consegue levar. Até porque em retrospecto qualquer coisa fica óbvia. Aí é fácil ser profeta ou acreditar que existe livre-arbítrio. Meu ponto desde o início, Rod. Obrigado por finalmente me dar razão. Agora me ajuda a levantar essa múmia.

— Não, né? Todo mundo está escolhendo o tempo todo a vida que quer, o próprio Marx disse isso. Os homens fazem sua própria história, mas sob condições determinadas e impostas. Algo assim. Eventos fora de controle moldam o cenário e as escolhas, mas continuamos escolhendo.

— Marx a essa hora? Obrigado, Rod. De qualquer modo

isso é a capacidade limitada de agência que mencionei, que dá origem à ilusão de livre-arbítrio. "Escolher" qual piroca vai te enrabar, sabendo que a curra é inevitável. Essa capacidade é condicionada. Se é condicionada, não pode ser livre e, no fundo, não é uma "escolha" nem uma expressão de "vontade" "individual". Mas enfim, nem é disso que estou falando. Meu protesto é contra a afirmação "cada um leva a vida que quer", porque se existem "condições" que se sobrepõem à "vontade" e limitam as "escolhas", podendo inclusive contrariar ou impedir a expressão dessa "vontade", ninguém leva "a vida que quer", mas sim a vida possível dentro das condições que se apresentam. Internas e externas. Ou seja, a vida que consegue levar. Reconhecer isso não nega a capacidade limitada de agência sobre a qual concordamos, porque ela faz parte do processo. Só que, naturalmente, ela inviabiliza a sua afirmação. Já demonstrei uma situação em que alguém teve sua vontade-interesse, a tal "vida que quer", inviabilizada, e que muitas vezes a obtenção de alguma vontade-interesse individual implica o extermínio de outra. Como você não contradisse isso e tangenciou um pouco o assunto falando de outra coisa, imagino que reconheça minha afirmação como correta e verdadeira. E se isso acontece e é verdadeiro, e por favor, não é possível negar uma coisa dessas depois de tudo que foi falado aqui, ninguém pode sair dizendo que "cada um leva a vida que quer".
— Já sei.
— Hein?
— Passa a lanterna. Vamos levar só a cabeça.
— Cabeça?
— Cabeças. Todas.
— Todas?
— Isso.
— Todas as cabeças de todas as múmias?

— Cada uma delas só tem uma cabeça, olha bem.
— Boa, Rod. Todas, então?
— Isso.
— Você por acaso trouxe um serrote?

Os moleques passaram o mês inteiro recolhendo madeira, como formiguinhas levando comida para casa. Eu teria percebido mesmo se não estivesse acompanhando o processo inteiro, mas antes que começassem a cruzar as arcadas carregando nas costas aquelas tábuas maiores do que eles, eu já estava atento aos movimentos cotidianos dos pirralhos da Summerhill Parade. Todo ano era a mesma coisa, pelo menos desde que eu tinha ido morar com Stefka nas redondezas. Sozinho, cada um era apenas mais uma criança pobre com a cara meio encoberta por uma película de sujeira e catarro, vestindo um pulôver esburacado ou um moletom com listras, geralmente brancas e verdes, moradora de algum dos blocos habitacionais que ainda resistiam ao ímpeto demolidor do centro de Dublin ao norte do Liffey. Um escrotinho em potencial, um pequeno Barry, mas inofensivo. O problema é que os pirralhos nunca estão sozinhos. São inúmeros, uma legião, demonstrando a persistência da política reprodutiva católica em pleno século XXI, mesmo na capital do país. Juntos, às dezenas, os moleques demoníacos representam a ameaça mais brutal da vizinhança. Um mar de cabeças com cabelos muito curtos e bocas semidesdentadas, avançando rumo à destruição de qualquer coisa que aparecer no caminho. Quebrando vidros. Atacando carros estacionados. Jogando pedras nos transeuntes. Sempre gargalhando e berrando. Às vezes fecham a rua e não deixam ninguém passar, até os *gardaí* chegarem e ter início uma batalha campal entre a polícia, tentando o tempo inteiro não ser violenta, e uma massa humana de crianças selvagens entre seis e onze anos, que não economizava esforços para causar o máximo de tumulto e confusão. E nisso elas são brilhantes e sempre bem--sucedidas. Têm muito a ensinar sobre terrorismo aos pós-adolescentes do Trevo Negro. E agora isso: tem um homem de vime bem no meio da minha rua.

Montar e acender fogueiras na noite de Halloween é uma tradição ancestral, mas proibida na área urbana de Dublin por motivos óbvios: incêndios acidentais sem fim, bêbados tropeçando e caindo de cara nas chamas, crianças com queimaduras de terceiro grau. Mas olhando para aquela figura humana de madeira com uns três metros de altura bem no meio da quadra, fica bastante óbvio que os pirralhos da Summerhill Parade decidiram que:

a) a lei está errada ou pelo menos não lhes diz respeito. Postura em princípio até muito justa; e

b) nada neste mundo é mais importante que tacar fogo em alguma coisa na noite de Halloween. Admito que é mesmo um negócio bonito.

Até agora, nas duas noites de Samhain que eu tinha passado na gloriosa Baile Átha Cliath, os moleques demonstraram esses pontos montando fogueiras gigantes no meio da rua, usando pedaços de pau e todo tipo de material inflamável. No ano passado, uma barulheira repentina sugeriu que eles tinham adicionado gatos à receita. Lembro de ter corrido para a rua com a Stefka para confirmar a origem daqueles gritos que pareciam estar sendo emitidos por um bebê sofrendo torturas. Na rua de baixo, encontramos dois pirralhos atirando numa fogueira um gato preto com as patas amarradas, enquanto outro felino perecia se esgoelando no meio do fogo. Havia ainda outros dois numa caixa de papelão, mas quando tentei chegar mais perto para acabar com aquilo levei uma pedrada no canto da testa assim que pronunciei o primeiro "Ei!". Tenho a cicatriz para provar. Ainda zonzo e com sangue escorrendo para dentro do olho esquerdo, precisei sair correndo. Stefka e eu fomos perseguidos por uns quinze moleques armados com canos metálicos e pedaços de pau até voltarmos para dentro de casa. Telefonei para os *gardaí* assim que entrei no apartamento, mas não consegui salvar gato nenhum. Pelo menos desmontaram a fogueira. Qualquer vitória contra os fedelhos, por menor que fosse, já era alguma coisa.

 Ninguém poderia acusar os moleques de não estarem fazendo pesquisas históricas, porque a queima de gatos já tinha sido uma tradição nacional. E o mesmo podia ser dito sobre aquela forma humana oca no meio da rua, um veículo druídico tradicional para a realização de sacrifícios em datas relevantes. Enquanto me afastava do homem de vime, procurei por algum sinal de gatos amarrados ou até mesmo de crianças rivais prontas para serem oferecidas em holocausto nas entranhas do boneco. Nada, aparentemente. Quando cheguei na esquina, a gritaria infantil e as gargalhadas em falsete me atingiram como outra pedrada na cabeça. Olhei para trás e lá estava o homem de vime começando a pegar fogo, cercado por dezenas de crianças em estado de êxtase diabólico. Quase ao mesmo tempo escutei a sirene dos bombeiros, certamente graças à denúncia que fiz por telefone antes de sair de casa. Para meu desgosto, não tinha como ficar ali para assistir à derrocada dos planos laboriosos daquelas formiguinhas do capeta, pois já estava atrasado para o meu encontro com Laura.

Com o final desastroso e repentino da nossa empresa de tours mal-assombrados, perdi o último motivo que me restava para conviver com Barry. Assim, Laura assumiu o posto de minha melhor amiga. Não era o meu plano original, mas na noite daquele dia em que fui apresentado ao Trevo Negro ela me pediu para fazer uma promessa. Logo que saímos pela porta com o XXIII, Laura me intimou:

— Dançar?

E assim fomos parar no Fibber Magees, transformando Barry numa espécie de profeta. Sem a parte da sodomia, infelizmente. Depois que me recuperei da recepção calorosa proporcionada pela atmosfera sólida de cerveja choca, suor apimentado e flatulência de curry, desviei dos sofás remendados com fitas adesivas prateadas e busquei dois *pints* de Mad Dog no balcão.

— Adoro o Fibbers — Laura admitiu com mais uma das risadas gostosas. Menti que eu também. Na verdade eu considerava o lugar, onde só tinha estado uma vez, no mínimo desagradável, e em momentos menos benevolentes um sério problema de saúde pública. Nada contra adolescentes suados enquanto ideia, mas prefiro que fiquem longe de mim e do meu olfato. Laura não entrava nessa conta, porque além de cheirar bem faria vinte anos em seis meses.

Assim que começou o show de *pagan metal* e gargalhamos dos primeiros floreios absurdos do tecladista cabeludo vestido com elmo e cota de malha, as coisas foram se encaixando. Bangueamos juntos por algum tempo, e cheguei a arriscar colocar as mãos na pose das laranjas flamejantes nos momentos mais épicos. Quando a horda de guerreiros do místico metal viking abandonou o palco, Laura me convidou para dançar. Fui obrigado a deixar bem claro que tudo tem limites na vida. Com um ar de desafio, ela respondeu que então dançaria sozinha. Dei uns tapinhas na mesa de sinuca que eu tinha assumido como posto de observação e declarei:

— Dança que eu protejo você.

Laura encostou a mão aberta e mole bem no meio do meu rosto e empurrou minha cabeça para trás, bem de leve. Fiquei apoiado na mesa, sem descolar os olhos dela por um instante sequer. Nem registrei que músicas estavam tocando. Ela dançou sem nunca olhar na minha direção, rindo sozinha. Depois de dispensar um metaleiro loiro e musculoso, sem camisa e com pingente de *mjölnir* à mostra no pescoço, ela bangueou sem parar e saiu rodopiando pelo meio dos adolescentes. Quando se cansou da brincadeira, abriu caminho pelo meio das camisetas pretas, pegou no balcão os *pints* de número sete e oito e se encostou ao meu lado na mesa de sinuca. Repetiu aquele mesmo sorriso entreaberto que tanto tinha me perturbado no trem, tomou um gole bastante viril da Mad Dog e ameaçou:

— Não tem sentido esse negócio de você ficar se fazendo de meu guarda-costas, Magnus. Um dia você vai dançar comigo.

Responder a isso com um beijo me pareceu uma ideia sensacional. Transformei a teoria intuitiva em ação direta, mas Laura virou o rosto. Silêncio de uns quinze segundos. Quando tentei balbuciar alguma coisa, ela sacudiu a cabeça olhando para o piso cheio de substâncias suspeitas, o rosto moreno escondido pelo cabelo e a pouca luz. Tentei recomeçar a frase e ela virou a cabeça na minha direção, os olhos gigantes ainda mais redondos exibindo a parte branca entre a íris e a pálpebra. Balançou a cabeça de novo e segurou meu crânio com as duas mãos, com a concentração de quem avalia um objeto raro. Ao invés de me olhar nos olhos ficou encarando minha boca, sem piscar.

— Você precisa me prometer que nunca mais vai fazer isso — ordenou, ainda encarando meus lábios como se eles fossem dotados de vontade própria.

— Tá — foi o único som que consegui emitir através daqueles pedaços rosados de carne.

— Promete? Quero ouvir você prometer. Quero ver — ela insistiu. — Quero ver sua boca prometer isso.

— Prometo — minha boca obedeceu, frouxa.

— Negócio fechado — ela disse, sorrindo, e desviou o olhar da minha boca para os meus olhos.

Terminamos os últimos *pints*, saímos do Fibber Magees e caminhei com Laura até a O'Connell para ela pegar um táxi, perguntando no meio do caminho se ainda nos veríamos de novo e me arrependendo no mesmo instante, e ela respondendo mas é claro, depois pedindo desculpas por qualquer coisa e me dizendo antes de entrar no carro que estava com uns problemas familiares meio sérios e que por isso andava meio estranha, então eu respondi que tudo bem, eu entendia, e voltei a pé para casa decidido a tentar bater meu recorde em *DoDonPachi*, mas quando o dia amanheceu eu ainda estava só de cuecas e com uma solitária meia furada no pé direito, olhando para a tela com o controle bem encaixado na mão, minha retina acompanhando os trajetos dos leques sobrepostos de projéteis. Coloridos, tão bonitos.

§§§

Temple Bar nas manhãs de domingo exibe nas ruas um tapete multicolorido de vômito com perfume de ureia e amônia, decorado com mosaicos de vidraças estilhaçadas e cacos de garrafas cravejados de baganas de cigarro. São indícios que fornecem ao arqueólogo urbano atento uma boa noção do que acontece por ali durante as noites, e também servem como alerta para quem tem uma ideia um pouco diferente de diversão. Mesmo assim, ali estava eu no início da noite de Halloween, perdido no coração daquele bairro detestável, vestido com minha tradicional fantasia de brasileiro (camisa amarela da seleção de futebol com detalhes em verde, colar de contas coloridas com pingente de folha de maconha, calça azul de tactel, tênis de corrida escandalosos e muito gel no cabelo). E rumo ao Oliver St John Gogarty, ainda por cima. O pub mais cenográfico de todos, menos genuinamente irlandês que todos os pubs supostamente irlandeses que infestam cidades ao redor de todo o planeta.

Mas Laura estaria lá e me chamou para ir também, e eu nunca consigo dizer não para minha melhor amiga. Passo pelo meio do desfile de Halloween, que consiste nuns trinta gatos pingados com fantasias aleatórias tocando tambores sem ritmo nenhum diante de turistas confusos. Um deles, claramente brasileiro, fala comigo e não acredita quando respondo que não sei falar português. Enfia o dedo em riste no meu peito e cutuca repetidamente, gritando alguma coisa da qual só consigo entender a palavra "gringo". Quando me afasto, segue me encarando e me fotografando com o celular.

Mesmo com o ambiente totalmente ocupado por estrangeiros bêbados e fantasiados, enxergo Laura perto do balcão assim que piso no interior do pior pub da cidade dos mil pubs. Para mim ela parece andar por aí com um holofote permanente sobre a cabeça. Está fantasiada de bucaneiro, com botas pretas de imensas fivelas quadradas, um colete de couro que está mais para corpete, uma camisa branca com laços e mangas bufantes, um chapéu tricórnio por cima do cabelo solto mas com trancinhas bem finas emoldurando o rosto, uma barba postiça bastante convincente e um tapa-olho. Começo a reclamar do pub assim que me aproximo dela, que dispensa minha ladainha com um aceno de mão desdenhoso e diz que cheguei bem na minha vez de pagar uma rodada. Um remix Eurodance de músicas folclóricas irlandesas se mistura com as gargalhadas e o burburinho sem forma das conversas alcoólicas. Pego dois *pints* de Cashel's.

— Assim você está me fazendo lembrar do Yeats. Sabe, né? O poeta nacionalista. Aquele que foi da Golden Dawn e fez campanha contra o Crowley — Laura sai perguntando enquanto tomo o primeiro gole. Conheço Yeats e tenho uma vaga noção sobre quem foi Aleister Crowley, mas nunca ouvi falar de Golden Dawn. — O cara só foi uma vez num pub, acredita? E já era bem velho, tinha sei lá, uns trinta e poucos anos. Chegou para um amigo beberrão e pediu: me leve até um pub. O amigo aceitou o desafio na hora. Entraram no pub mais próximo, Yeats deu uma conferida, olhou para o amigo e disse: pronto, já sei como é, agora vou voltar para casa. Você está me fazendo lembrar dele. Não tem vergonha de agir como um poeta cuzão?

— Se ele tivesse ido para o Hairy Lemon isso nunca teria acontecido. O problema é Temple Bar — tento me defender.

— Já existia Temple Bar nessa época? Tenho certeza que foi para cá que o amigo trouxe o Yeats.

Laura produz mais uma das risadas gostosas que tanto me perturbam. Às vezes penso que faz isso de propósito.

— Isso nem foi em Dublin, Magnus.

Respondo com um resmungo e tomo um gole da minha *cider*. Quando faço o primeiro comentário sobre o fracasso completo de todas as tentativas de roubo de relíquias armadas recentemente pelo Trevo Negro, os olhos de Laura se arregalam. Olho na mesma direção e não acredito no que enxergo. É uma fantasia ousada para quem vivia repetindo que não conseguia sentir culpa, mas era muito sensível à vergonha. O gorrinho comprido e pontudo de feltro verde mal se encaixa na cachopa ruiva, e a túnica do mesmo material é tão curta que deixa à vista o volume da cueca na frente da malha branca colante que desce até se encontrar com um par de botas marrons. Dependurada no cinto que marca a cintura, uma espada cinzenta de plástico vagabundo. Ele nos enxerga no balcão, abre um sorriso que exibe o buraco onde ficava o canino de ouro e se aproxima.

— Que diabos você está fazendo por aqui, Link? — pergunto, enquanto Laura se debruça sobre o balcão de tanto rir. — Acho que a princesa está em outro castelo, hein.

— Cê tá misturando os personagem, imigrante safado. Jogo errado. Fica na sua senão mando te deportarem. — Barry fica muito sério. — Briguei com minha mina, a vadia não quis se vestir de Zelda. Daí vim direto pra cá. Não tem melhor lugar pra conseguir buça estrangeira que em Temple Bar, parcêro. E cê sabe que meu ramo agora é esse.

Nas últimas semanas de trabalho, Barry tinha começado a mencionar a existência de uma namorada com uma frequência alarmante. Era "minha mina" pra cá, "a patroa" pra lá. Aquilo me pareceu bem estranho para alguém que costumava definir mulheres como buracos falantes. Mas na única vez que tentei saber mais sobre o assunto ele desconversou, e se havia uma coisa que eu tinha aprendido a respeito do Barry é que ele não era um sujeito muito suscetível a pressões. Só servem para deixar ele ainda mais bronco. Então esqueci do assunto, e agora ali estava ele mais uma vez se comportando como o Barry solteiro de sempre e esquadrinhando Laura Bucaneiro de cima a baixo de uma forma muito vagarosa, com os olhos semicerrados e uma das mãos apertando o volume escondido debaixo da malha branca. Sem demora ela entende o recado. Tira o celular da bolsa, levanta o tapa-olho e pisca para mim antes de se afastar. Entendo aquilo como o sinal universal de "vou dar uma volta, manda uma SMS quando ele sair de perto" e respondo com um joinha da mão que não está ocupada com o *pint* da covardia.

— Sabia que cê tava comendo essa morena bandida — Barry dá uma risada assim que Laura desaparece para outro ambiente. — Não tem coisa melhor que uma novinha, diz aí. Pegando bem cedo dá pra treinar direito o animal.

— Ela é minha *amiga*, Barry — sinto meu pênis se recolhendo para o interior do púbis ao som da marcha da derrota enquanto pronuncio essa frase.

— Cê é bem bichola mesmo, eu sei. Mas a bunda dela é meio caída, hein? Tem que ver isso daí. Mulher assim não envelhece muito bem. Mas olha só aquilo ali, parcêro — grita Barry, apontando a espada para uma garota com *dreadlocks* acobreados e bem curtos e um rosto redondo e sardento, vestida com as cores da Jamaica. — Uma moranguinho rastafari. Rapaz. Porra, mas olha ali. Tem um vagabundo vestido de palhaço com ela. Viado. Mas diz aí, Magnus, eu posso meter na sua bandida então? Já que cês são só amigo e tudo?

Mudo de assunto perguntando como vai a criação de besouros exóticos.

— Ah, mas pau no cu daquelas barata chifruda metida a besta — Barry funga e cospe uma panqueca de catarro no chão. — Tô pobre por causa delas e por causa daquele preto escroto amante de dodô. E agora ainda tem uns grego samurai atrás de mim e do Escocês porque tamo devendo uma grana furiosa pra eles. Pra acabar com tudo de vez, ontem de noite perdi todo o resto das minhas economia. Tô fudido.

Barry tinha inventado um plano para fazer suas economias renderem de uma hora para a outra e obter a quantia necessária para pagar a tal dívida. Acionou um contato numa criação de galgos de corrida e passou uma semana trancado em casa estudando plantéis e resultados. O conhecido revelou que um novo galgo, Jardins Suspensos de Tír na nÓg, estrearia em breve nas pistas e certamente surpreenderia a todos logo na primeira corrida. Com essa informação privilegiada, Barry se encaminhou ao Shelbourne Park na noite do dia anterior e apostou todas as fichas no bicho, que por ser um atleta canino ainda desconhecido pagava muito bem por vitória.

— E a porra do cachorro era bom mesmo, parcêro — Barry reiterou. — Parecia um foguete esfomeado. Como são magro esses bicho, isso sempre me racha o bico. Foi ganhando as prova uma por uma. Logo de primeira já me rendeu uma bolada. Na terceira prova ele já tava pagando menos, mas eu tinha juntado uma boa grana nas duas primeira e qualquer coisa já ajudava. Até que deu uma merda grande.

Jardins Suspensos de Tír na nÓg, a nova sensação das pistas, estava superando os cinco concorrentes pela terceira vez na mesma noite. Sempre na raia 3, vestido com um colete branco de número preto. Até que, bem no meio da corrida, um sujeito nas arquibancadas se levantou com uma câmera na mão e começou a tirar fotos com flash.

— Só pode ter sido de propósito. O bicho tava na frente de novo, ia levar a corrida certo, daí esse corno de cachimbo apareceu e saiu estourando o flash uma, duas, três vezes até um segurança pular em cima dele. Mas aí o cara já tinha fudido o bagulho todo.

Olhando para a expressão desconsolada e banguela de Barry, lembro na hora de Francis John fumando cachimbo nas reuniões do Trevo Negro e reclamando das corridas de galgos. Parece que tinha se resolvido a tomar providências como agente livre.

— O Jardim Suspenso se assustou com os clarão, saiu rolando pela pista e perdeu a corrida — Barry continua. — Foi uma confusão do caralho. Eu e um monte de gente falamos que tinham que anular a corrida, que não era certo aquilo, que era sabotagem. Mas parece que pelas regra, se um cachorro só fica desnorteado e os outro nem dão bola, a corrida ainda vale e ponto final. Daí eu perdi toda minha grana e agora não sei mais como vai ser.

Eu estaria mentindo se dissesse que aquela história me fez sentir pena, e a ideia de emprestar dinheiro a Barry para resolver seu problema com os gregos só me passa pela cabeça como piada. Apesar do tom choroso, ele também não parece tão preocupado assim e volta à caça:

— Espia só aquela ali — Barry força o prognatismo e inclina a cabeça para indicar uma loira abastada de curvas. — Gostosa que se acha gorda. Coisa bem boa. Vou chegar junto, parcêro. Fica aí observando o segredo do guerreiro.

Não perco nem um segundo com aquela sugestão. Tomo de um gole só a *cider* que ainda resta no *pint* e saio à procura de Laura. Vou serpenteando entre os fantasiados que lotam todos os ambientes do pub, mas não a encontro em lugar nenhum, nem no pátio para fumantes.

Saio para a rua e a encontro na frente do pub, falando ao celular com uma expressão preocupada. Ela me enxerga, repete "tem certeza?" duas vezes e desliga o aparelho.

— Vem comigo — Laura agarra meu braço com força e sai me arrastando pelas ruas de Temple Bar.

Um sujeito corpulento com musculatura flácida e feições germânicas, vestido com uma bata africana inteiramente branca, grita "Brasiiiiiillll! Rrrrronaaaallllllldo!" ao cruzar por mim. Depois me dá um tapão nas costas e entra gargalhando no Elephant & Castle. Cravo os pés na calçada e pergunto a Laura o que houve. Ela continua me puxando pelo braço, mas não consegue me mover.

— Magnus, é sério. A gente precisa sair daqui *agora*. Vem — Laura insiste.

Estamos cruzando o Liffey pela ponte Ha'penny quando ela me explica. Era Tony no celular. Estava fazendo telefonemas esbaforidos para todos os membros do Trevo Negro. Francis John não tinha sido o único a tentar redimir o fracasso dos roubos de relíquias tomando nas próprias mãos a responsabilidade de abalar o torpor da Irlanda neoliberal. Mas tinha feito algo bem menos inofensivo que sabotar uma corrida de galgos.

O magricelo não apenas havia produzido uma bomba em casa seguindo instruções encontradas na internet como também a tinha armado para explodir no banheiro de um pub em Temple Bar em plena noite de Halloween. Escolheu o lugar a dedo, encostando a bomba numa parede que separava o banheiro da cozinha, tentando criar uma reação em cadeia com a tubulação de gás para mandar parte do bairro pelos ares. Dez minutos mais tarde ele se arrependeu da bobagem e voltou para tirar a bomba, mas ao se ver mais uma vez diante dela, não conseguiu desarmar. Ficou com medo que explodisse. Ou que amassasse as roupas dele, sei lá. Então fugiu para um lugar que não revelou e saiu ligando para os amigos, mandando que todos que estivessem em Temple Bar saíssem imediatamente dali.

— Espera, espera — não consigo acreditar. — O pequeno animal fez *o quê*? Ele vai *matar* centenas de pessoas a troco de nada? Por que vocês querem *incomodar* o governo por algum motivo que nem mesmo vocês conseguem definir? É isso?

Laura olha para o visor do celular.

— Faltam oito minutos — é tudo que ela tem a me dizer.

Ficamos parados na outra margem do Liffey, olhando na direção de Temple Bar. Meu corpo inteiro pulsa. Sinto uma gota de suor escorrendo sem pressa da nuca até a bunda. Tento fechar a boca, mas não consigo. Duas crianças pequenas passam correndo, fantasiadas de vampiro e bruxa. Logo atrás vem um homem que deve ser o pai, vestido de *leprechaun*. Laura arranca a barba postiça e enfia dentro da bolsa. Não enxergo medo algum no rosto dela. As narinas estão um pouco dilatadas, mas percebo uma resignação um tanto orgulhosa no rosto. Ela coloca a mão esquerda entre os seios e continua olhando para o outro lado do rio, sem piscar.

— Mas — começo a sugerir, mas desisto. Mesmo que os *gardaí* fossem avisados, não teriam tempo de fazer nada.

Devem faltar menos de cinco minutos. Aquele negócio vai mesmo explodir. Abrir a boca a essa altura só pioraria as coisas para nós dois. Como explicar que sabíamos da bomba? Como fazer um telefonema anônimo sem nenhum telefone público por perto? Lembro de uma cabine bem no começo da O'Connell, mas até que eu chegue lá a bomba já vai ter sido detonada. Fico bem onde estou. Talvez eu deva tapar os ouvidos. Não. E se alguém me enxergar fazendo isso antes da explosão? Melhor ficar imóvel.

Sinto uma vontade repentina de correr. Não para fugir dali, mas para avisar as formiguinhas demoníacas da Summerhill Parade que uma coisa bem mais impressionante do que qualquer fogueira ou homem de vime está prestes a acontecer. Como vão ficar felizes vendo isso, mesmo de longe. Uma sequência de explosões, labaredas imensas, nuvens de poeira, ruínas, gritos, sirenes, correria. Baixo a cabeça e começo a olhar de um lado para o outro. Laura está com os olhos fixos em Temple Bar, sorrindo. *Sorrindo*. Vagabunda. Por que eu tinha me metido com essa gente, mesmo? Ah. Claro. Minha vida inteira é uma história de decisões catastróficas tomadas pela cabeça do meu pau. Tiro o celular do bolso e fico olhando para o relógio.

Quando chega a hora marcada eu travo os dentes, fecho os olhos e espero o inferno tomar conta. Ensaio uma contagem regressiva. Mas nada explode. Abro os olhos e tudo continua igual no outro lado do Liffey. Nada de correria, sirenes, gritos, ruínas, nuvens de poeira nem labaredas. Laura digita um SMS e fica segurando o celular na frente do rosto. Ficamos mais alguns minutos parados no mesmo lugar, para ter certeza. A resposta

para o SMS não chega nunca. Laura suspira com força. Quando eu finalmente me canso de esperar acontece uma coisa, e essa coisa que acontece quando eu finalmente me canso de esperar é a seguinte:
Nada.

Primeiro foi a Siobhán, com um pedaço de pau. Eu vi quando ela bateu na cabeça do Demetrius de um jeito que parecia ensaiado mil vezes. Acertou com tudo na bochecha. Um estalo molhado fez um dente voar pra fora da boca e riscar o espaço em câmera lenta. Tipo um cometa com rastro de sangue e saliva. Demetrius ainda demorou um tempinho pra cair de costas no chão. Antes disso ele virou a cabeça. Não pro lado em que a Siobhán estava parada com os braços levantados segurando o pedaço de pau como se estivesse armando um segundo golpe. Mas pra mim. Deu pra ver direitinho ele me encarando com uma cara bem tonta enquanto trocava as pernas. Depois foi desabando meio aos poucos. Aí com ele caído na grama todo mundo começa a chutar. Todo mundo não, todas as três mulheres. De início o Oisín fica só olhando. E eu também não chuto. Era começo de noite e a gente estava na beira de uma falésia em Howth Head. Cinco dias depois do sacrifício que deu errado porque eu nasci com outras coisas no corpo em vez de útero e vagina. O Demetrius passou todos esses dias só falando em transição. Arrebatação.

Em se livrar da casca do corpo e partir em essência pura pro plano de existência dos Ofídios Mais Antigos. Ficava dizendo que o único jeito que a gente ainda tinha de escapar do apocalipse de Crom Cruach era ser resgatado pela nave-mãe que estava pairando sobre a ilha esmeraldina. Foi bem assim que ele falou, são as palavras dele. *A nave-mãe está pairando sobre a ilha esmeraldina.* Claro que mesmo depois de todas aquelas besteiras na floresta achei bem legal essa parte de deixar a casca do corpo pra trás. Mas só como ideia, né. Como imagem. Eu nunca tinha acreditado em nada daquilo, mesmo. E agora nem quero mais morrer. Nem numa montanha gelada, nem aqui.

Daí que em outras palavras o plano do Demetrius era que todo mundo morresse. Todo mundo só a gente, não todo mundo o mundo inteiro. O resto do pessoal ia morrer depois, com o apocalipse do Crom Cruach. Era uma ideia bem cretina, isso que o Demetrius pensou. Subir o morro até chegar na falésia e se atirar nas pedras lá embaixo. Estourar o corpo e deixar o sangue escorrer pro mar. Mas agora dava pra ver que não era só eu que achava aquilo ridículo. Ninguém mais acreditava naquela conversa. Nem a Siobhán. Depois do que aconteceu na floresta de Glendalough acho que até eles viram que nada daquele negócio fazia muito sentido. Era só dar uma pensadinha por uns dois ou três minutos. Não sei bem o que o Demetrius tem dentro da cabeça, mas se continuarem chutando o crânio dele desse jeito eu vou descobrir bem loguinho. Muito assustadora essa cara toda retorcida de raiva da Siobhán. Ela tenta me convencer a dar pelo menos um chute. *Ele queria que você morresse*, fica gritando entre um chute e outro. *Ele queria que todo mundo morresse. Agora mata esse filho da puta.* Mas eu não faço nada. Até porque olha, acho que o Demetrius já morreu. Esse corpo no chão parece feito de massinha de modelar toda melada de cobertura de framboesa. Chega a estar meio encaixado na grama alta, que nem biscoito numa fôrma. Aí o Oisín se afasta e depois volta pra perto da gente com uma pedrona na mão. Ele quer soltar aquilo bem em cima da cabeça do Demetrius, eu sei. Mas não vou deixar. Paro na frente do corpo caído e levanto as mãos. Não muito alto, tipo na altura dos peitos. E digo *Não*. A Siobhán se abaixa e pega de novo o pedaço de pau que usou pra acertar a boca do Demetrius. Parece que agora vai ser a minha vez. Ela fica me encarando um tempo, sacudindo o pedaço de pau bem de leve. Acho que está só tremendo, mesmo. Dá pra ouvir o barulho do mar batendo nas pedras lá embaixo. E um gemido do Demetrius. Continua vivo, então. Melhor assim. Aí a Siobhán dá um passo pra frente ainda com o pedaço de pau pronto pra descer e pergunta meu nome. Berrando. E eu respondo com a voz bem calma. *Patricia*. A Siobhán balança a cabeça com tanta força que fico esperando ela rolar pra fora do pescoço. Mas isso não acontece. Seria muito legal ver uma coisa dessas, mas não acontece. Ela dá mais um passo pra frente, chega bem pertinho de mim e do Demetrius caído no chão na beira da falésia. E pergunta meu nome de novo. Meu nome de verdade, ela fala agora meio que tentando explicar. Aí eu respondo. *Patricia*. Tem catarro amarelo escorrendo do nariz dela, dá pra ver. E está chorando, também. O Demetrius faz um barulho de espuma com a boca de novo, mas tenho medo de olhar pra trás e levar uma pancada na cabeça.

    A Deirdre chega por trás da Siobhán e fala alguma coisa no ouvido dela. Não consigo escutar nem uma palavrinha. Mas a Siobhán relaxa os músculos e larga o pedaço de pau. Aí fica ali tremendo com a Deirdre, abraçando ela por trás e me olhando com uma cara de nojo. Como se eu tivesse uma camada de vômito fedido no corpo. Não sei o que eu fiz pra ela. As duas vão se afastando da beira da falésia, andando de costas, de frente pra mim e pro Demetrius. A Deirdre ainda fica me encarando daquele jeito, com a boca meio espremida. Como se eu fosse um bicho tão nojento que ela sentia muita náusea só de pensar em matar. Porque depois ia ter que se livrar do corpo imundo e isso ia ser muito, mas muito pior do que simplesmente me deixar ir embora pra continuar minha vida de inseto horroroso. Caminhando desse jeito de caranguejo, as duas chegam na trilhazinha que volta pra rua. Aí se viram de costas e vão descendo e sumindo. Agora é o Oisín que chega mais perto. Sem nada na mão. A Ciara continua paradinha no mesmo lugar. Ele pergunta se eu não quero uma carona. Diz que me leva de volta pra minha casa se eu quiser. Mas eu não quero isso agora. Estou na falésia com o Demetrius e é bem aqui que eu quero estar. O Oisín nem pergunta mais uma vez. Coloca o braço por cima do ombro da Ciara e os dois vão indo embora pelo meio de umas plantinhas com flores amarelas. Sento no chão na frente do Demetrius. Ele ainda está de olhos fechados, com a cara toda destruída. Mal dá pra ver onde tinha o nariz. Ele fica tossindo sangue e gemendo bem baixo. Escuto um barulhinho. O Demetrius está mexendo as mãos, agarrando e soltando a grama, mas sem fazer muita força. Acho que não vai morrer, mesmo. Aí eu passo a mão na careca dele e digo pra ele ficar esperando mais um tempinho. Daqui a pouco os reptilianos vão chegar na nave-mãe e buscar ele. Não precisa se jogar nas pedras. Os ofídios vão levar ele assim mesmo. Quando o facho de luz descer da nave-mãe, o corpo antigo vai se dissolver e no lugar dele vai surgir uma casca nova. Fico inventando mais umas bobagens assim, do mesmo tipo que ele gosta de ficar dizendo. Ele vira a cabeça na direção da lua brilhando em cima do mar, mais além do penhasco da falésia. Daí eu digo *Não faz isso, tá?* e ele responde virando a cabeça pra cima e tossindo sangue de novo. Faz até umas bolhas. Uma gota pinga na minha mão. Deixo ali secando bem redonda. Aí eu digo de novo *Espera aí que eles já chegam* e me levanto. Se eu empurrasse o Demetrius com o pé agora, ele só ia ter que rolar umas duas vezes antes de despencar lá embaixo. E era isso mesmo que ele queria, não era? Mas acho que a gente nunca sabe o que quer quando está com essa ideia de querer morrer. E eu não quero mais isso, e também não quero matar ninguém. Já é bem ruim andar sonhando esse tipo de coisa. Aí eu deixo ele deitado ali, pego a trilha de volta e vou caminhando.

 Quando eu viro na Asgard Road vejo que as luzes da casa 7 bem lá no fundo continuam acesas, mas o furgão não está mais estacionado na frente da garagem. No lugar dele tem uma menina de uns vinte anos, acho. Não pode ser muito mais nem muito menos. Se bem que tem gente que sempre parece mais nova. É uma possibilidade. Tem gente que parece tanta coisa. Olha eu, por exemplo. Mas as coisas nunca parecem as mesmas por muito tempo. Porque tudo muda. Tudo que é vivo e tudo que morreu. Até mesmo tudo que nunca teve vida, como as montanhas. Nada fica igual pra sempre. A menina não tem cabelo vermelho, é liso e escuro e fica se esvoaçando no vento gelado. Assim de longe e desse jeito parece a Morrígan. Que se existisse mesmo e não fosse só mitologia acho que ia gostar bastante aqui de Howth, porque tem um monte de corvos. E também aquele outro pássaro que parece um corvo mas é menor. Com um bico mais comprido e umas penas mais roxo-escuras do que pretas. Aí vou chegando mais perto da casa e reconheço a menina. Como ela me descobriu? Não é justo, isso. Logo agora que eu estava começando uma vida nova. Acho.

 Paro de caminhar antes de chegar na casa e fico ali bem no meio da rua, sem me mexer. Ela também fica parada, olhando pra mim com as mãos na frente do corpo, uma em cima da outra, bem na altura do útero. Os cabelos compridos voando, os meus e os dela. Só os cabelos vivos, e o resto do corpo das duas bem congelado. *Glen Heaney*, ela diz. É assim que a gente sempre se cumprimenta desde criança. Fazendo de conta que a gente não se conhece muito bem. Não que isso não tivesse um pouco de verdade. Mas ninguém conhece ninguém muito bem mesmo, todo mundo é um país estranho pra quem está bem do lado, então sei lá. *Laura Heaney*, eu respondo e minha voz sai toda esganiçada, parecia até que estavam apertando minha garganta. A gente está tão diferente. Mas o cabelo dela ainda parece muito com o meu. E o rosto. Menos essa argola no nariz, que eu nunca usaria. Mas nunca mesmo. Pior que isso só tatuagem, que não sai nunca. Mesmo quando a pessoa tira fica uma cicatriz. Dá uma impressão de coisa permanente, e não consigo pensar em nada mais errado do que isso. Porque coisa nenhuma dura pra sempre.

Laura comenta que eu fiquei muito bem com as roupas dela, mas que iam cair ainda melhor com uns ajustes. E que ela adoraria ser tão magrinha. Respondo que não vou continuar assim por muito tempo. Conto que nasceram dois cabelos no meu peito na semana passada. Bem fininhos. Difíceis de arrancar. E olha só pra isso, eu falo inclinando a cabeça pra trás e mostrando o começo de um gogó que eu não tinha dois meses atrás. Não sei como vou resolver esse problema, mas sempre tem um jeito. *Um amigo meu veio dar uma volta em Howth e disse que tinha visto uma menina muito parecida comigo sentada nas ruínas da igreja,* Laura começa a me explicar. Aí esse amigo lembrou que ela tinha falado do meu sumiço e me seguiu enquanto eu voltava pra casa 7. *Faz uma semana isso*, minha irmã continua. *Mas eu não fiz nada. Deixei você aqui, fazendo o que você queria. Eu te amo, Glen.* Olha isso. Que coisa. Parece que pra tudo tem uma primeira vez, mesmo. *Só que agora você precisa voltar pra casa*, ela diz. *Tem tanta coisa estranha acontecendo. O mundo está ficando maluco demais.* Aí eu falo *Eu sei* e ela me abraça. Bem quentinha, mesmo no vento frio. A gente fica assim um tempão, os cabelos se misturando. Como é bom o cheiro da minha irmã.

No trem de volta pra Dalkey a Laura fala dos nossos pais sem eu ter perguntado. Eu nem queria pensar neles, na verdade. Parece que no começo foi uma confusão, como eu imaginava. Nossa mãe dando escândalo, gritando e chorando. Meu pai com uma calma que parecia um tipo contente de raiva. Parecia até feliz por eu ter finalmente desaparecido da vida dele. Isso não foi a Laura que disse, é só uma coisa que eu penso quando ela fala do meu pai. Porque mesmo que eu só tenha vivido quase treze anos, tem umas coisas que eu conheço demais. Por isso nem estranho quando a Laura diz que os dois deixaram meu caso com a polícia e depois foram viajar. Pra relaxar do estresse todo. *Porque no mesmo dia que você sumiu o vô morreu*, ela me conta com um jeito de quem acha mesmo que aquilo é novidade pra mim. *Eu sei*, eu respondo. *Eu vi*. Aí a Laura me diz que no fim descobriram de onde ele tinha vindo. Tinha umas cartas nas coisas dele. No fim o nosso vô era judeu iraniano. Disso eu não sabia, e achei bem legal. Aquelas musiquinhas só podiam ter vindo daqueles lados do mundo, mesmo. Fico olhando as luzes passarem pela janela do trem. A gota do sangue do Demetrius no meu braço ficou bem sequinha. Parece até um sinal de nascença. Quanta coisa maluca. Agora não quero falar nada sobre isso tudo pra ninguém. E a Laura nem pergunta. Acho que no fundo a gente se dá bem, mesmo. Só que nunca tinha pensado nisso. Nem falado. E uma coisa falada é uma coisa pensada que se torna uma coisa acontecida. Dependendo de quem fala, claro. Com a ponta da unha do indicador vou raspando a bolinha de sangue seco bem devagarinho até desaparecer. Depois a Laura segura minha mão e a gente fica assim até o fim do trajeto.

Quando chegamos em casa eu digo que preciso ficar um pouco só. Laura diz que tudo bem. Ela também precisa. Estou subindo a escada quando ela diz *Glen* e eu paro entre um degrau e outro. Com a perna levantada no ar, mesmo. *Meu nome agora é Laura Cohen,* ela diz. Subo mais um degrau e digo *Patricia*. Uma das sobrancelhas da Laura se levanta um pouquinho, como se estivesse sorrindo. Aí ela diz *Boa noite, Patricia* e entra na cozinha.

CRIANÇAS DO MILHO
três meses depois

Fevereiro de 2010
Feabhra 2010

Chicomecoatl é a deusa asteca do milho, e sua vingança por tudo que os europeus fizeram com seu povo foi absolutamente impiedosa. Nem Xipe Totec, seu companheiro de panteão encarregado da guerra e da morte, eternamente vestido com uma pele humana esfolada, conseguiu reagir de um modo tão terrível. Séculos após a derrocada da civilização asteca nas mãos de Cortés e outros imperialistas espanhóis, o mundo inteiro se alimenta de milho. Milho *in natura*, farinha de milho, amido de milho, glicose de milho na maioria dos produtos alimentícios processados e industrializados. Difícil encontrar algum que não registre a presença desse grão. E em cada partícula de milho vive a consciência de Chicomecoatl, trabalhando para deixar a humanidade inteira doente. Obesidade. Diabetes. Câncer. Todo tipo de doença degenerativa. Tudo culpa do milho, o assassino silencioso. Apesar de responsável pela principal fonte de sustento de um povo numeroso, Chicomecoatl nunca se destacou pela misericórdia. Sua desforra não perdoa nem crianças que se empanturram de pipoca e refrigerantes adoçados com xarope de glicose de milho. Em cada estalo crocante de Doritos a gargalhada escarninha de Chicomecoatl, a morte lenta e enganosamente prazerosa concedida pela deusa-mãe de uma civilização gloriosa arrasada por invasores ignorantes, barbados e fedorentos.

De novembro em diante me alimentei somente de espigas de milho, pipoca, tacos sem recheio, Doritos e Jack Daniels, tentando convencer Chicomecoatl a me levar embora de uma vez. A derrocada do meu império pessoal teve início com o meu último encontro com Laura, uns dez dias depois da explosão que não aconteceu em Temple Bar. Eu estava sentado meio corcunda no balcão do Hairy Lemon, mastigando devagar as últimas batatas do meu *coddle*, quando ela apareceu.

— Sabia que você ia estar aqui — disse com aquela risada que não causava mais efeito nenhum em mim. Restava apenas um buraco onde antes havia uma resposta fisiológica que um dia eu tinha imaginado ser alguma coisa além disso.

— Você e seus amigos acham que sabem coisas demais, Laura — respondi de boca aberta, sem engolir as batatas nem olhar para ela. — Mas são um bando de pirralhos mimados. Não consigo acreditar que ninguém foi preso depois de tanta palhaçada. Que fim levou o Tony, hein? Onde foi que ele se escondeu? Será que lá tem modelador de penteado?

Laura riu de novo, e dessa vez eu ri também. Ficamos bebendo até o pub fechar. Enquanto enxugávamos os *pints* de Guinness Black Lager ela me contou que a menina que eu tinha visto e seguido pelas ruas de Howth era mesmo o irmão dela.

— Já explico essa parte — ela disse, ao ver minha expressão confusa. — Primeiro quero contar uma outra coisa.

Antes de partir numa viagem da qual ainda não tinha voltado nem ao receber a notícia do reaparecimento do menino, a mãe de Laura tinha enfim revelado a origem da filha. Foi a palavra que Laura usou, *origem*. Como se estivesse falando da gênese canônica de um super-herói da Marvel. Eu nem fazia ideia que ela não conhecia o próprio pai.

No final dos anos 1980, Dublin também teve sua cena *acid house*, inspirada pelo que estava acontecendo em Londres. Lucia, a mãe de Laura, foi uma das adolescentes que mergulharam na versão irlandesa do Segundo Verão do Amor. Acabou engravidando aos dezesseis de um tal Kevin Donohoe, um órfão malucão de dezessete anos que tinha se tornado uma espécie de celebridade local. Estava em todas as festas, sempre dançando sem parar com um par de maracas, imitando o Baz do Happy Mondays. Nunca se casaram, mas após a confirmação da gravidez, Kevin foi morar com Lucia e os pais dela. Pouco tempo depois do primeiro aniversário de Laura, em abril de 1991, ele despirocou de vez. Três anos tomando ecstasy e LSD em quantidades pantagruélicas acabaram cobrando um preço.

Kevin começou a não falar coisa com coisa. Mencionava pessoas que não existiam e ficou obcecado por Crom Cruach, uma divindade celta em forma de serpente para quem se faziam sacrifícios humanos e, segundo a lenda, foi derrotado por São Patrício. O avô de Laura, um imigrante judeu persa, expulsou Kevin da casa e em seguida ele desapareceu. Em 1992, uma amiga de Lucia contou ter encontrado Kevin em Berlim, por acaso. Ele estava usando uma picareta para arrancar pedaços do Muro, derrubado três anos antes. Contou que estava viajando pela Europa com uns ciganos *new age* e depois tentou enxergar a aura dela e começou a falar de cobras. Depois disso, nunca mais Lucia teve notícias do sujeito.

— Vai ver morreu ou foi internado — Laura suspirou meio indiferente, como se estivesse falando da história de outra pessoa. — Ou virou pescador na Noruega, sei lá. Não me importa. Passei a vida inteira querendo descobrir a verdade, e agora que fiquei sabendo, tudo que consigo sentir é tédio.

Alguns anos depois, Lucia engravidou de novo, agora de um estudante de Administração da University College Dublin. Muito rico. Dessa vez se casou, o sujeito adotou Laura e uns meses mais tarde nasceu o irmão mais novo, Glen. Laura explicou que agora ele atendia por irmã mais nova, e se chamava Patricia.

— Ah, já que a gente está falando sobre nomes — aproveitou. — Meu sobrenome não é Cohen, tá. Eu inventei isso. Meu nome é Laura Heaney, que é o sobrenome do meu pai que não é meu pai de verdade. Não que isso faça diferença hoje em dia. Ninguém mais usa o nome verdadeiro mesmo.

— Meu nome de batismo é Magnus Factor — protestei sem muita vontade. Porque era mesmo.

Depois que o Hairy Lemon fechou, seguimos direto para minha casa. Enquanto Laura entrava no apartamento, varri com a mão os sacos vazios de pipoca de micro-ondas que cobriam o sofá. Assim que nos sentamos, quando fiz menção de ligar o Saturn, ela me perguntou com uns olhos meio caídos:

— Não vai me beijar?

Respondi mencionando a promessa que ela tinha me pedido para fazer no Fibber Magees. Ela segurou de novo minha cabeça com as duas mãos, do mesmo jeito que tinha feito naquela outra noite, e disse:

— Queria que pelo menos hoje você fosse um homem como os outros. Que nunca cumprem promessas.

— Mas de jeito nenhum — protestei. — Não pela promessa, que em si não tem nenhum valor legítimo e muito menos qualquer peso moral. Ainda mais uma promessa negativa como essa que você me obrigou a fazer, uma declaração de intenções ao contrário. Não vou fazer coisa nenhuma, Laura. Pode desistir. Não por ter prometido, mas porque é a coisa certa. Isso não tem cabimento. Eu sou um adulto responsável, e você...

Então ela avançou para cima de mim e calou minha boca fazendo o que eu deveria ter feito.

§§§

Foi mais ou menos. Laura beijava bem, mas depois que tirava a roupa, todas as insinuações de bandidagem se desmanchavam no ar. Mesmo bêbada ela ficou meio encabulada, pedindo para eu apagar a luz, escondendo o corpo e dizendo não faz isso, não faz aquilo. Cheia de frescuras. Não me dou bem com esse tipo de mulher, porque eu também fico constrangido. Começo a pensar obsessivamente no que estamos fazendo e tudo fica meio travado, automático. Sexo não combina com autoconsciência massacrante e análise objetiva em tempo real.

Mas pegar no sono abraçando ela por trás foi muito bom. Quando acordei, ela não estava mais na cama. Tive um ligeiro *flashback* que passou quando percebi que em cima do travesseiro havia um bilhete. Esfreguei os olhos e comecei a ler, mas estava escrito com letras que mais pareciam um alfabeto cuneiforme. Sem paciência nenhuma para aquela coisa besta, piquei o bilhete em pedacinhos bem miúdos. Caminhei até o banheiro, joguei tudo dentro da privada, bombardeei os fragmentos de papel com jatos da minha urina matinal e puxei a descarga. Nunca mais encontrei Laura. No começo de janeiro tive um surto pontual de saudade, fiz uma pesquisa rápida na internet e descobri que ela tinha ido estudar no Canadá. Melhor assim.

De todas as peças que formavam minha vida recente em Dublin, não me tinha sobrado muita coisa além da minha coleção de videogames. Estava sem trabalho, com amores zerados e amigos também. Descobri que Zbigniew tinha se matado depois que li as centenas de comentários deixados na última coisa que ele tinha postado em seu perfil no Bebo: as palavras "Agora sim".

Fora Agnieszka, nem sei de onde tinha saído toda aquela gente. Mesmo na rede social, Zbigniew nunca tinha dado sinais de se relacionar com muitas pessoas em Dublin além dos colegas de trabalho e da irmã. Lendo e relendo aquela tripa interminável de comentários sem sentido, de certo modo compreendi o último ato do nosso polonês. Como seguir vivendo se todo momento é agora, se todo lugar é aqui, se todo pensamento é compartilhado, por mais insignificante que seja?

O miolo dos comentários no último *post* de Zbigniew, intercalado por inúmeras variantes de "Descanse em paz" deixadas por pessoas aleatórias, era um arremedo de debate sobre o ato suicida. Quase nenhum dos participantes conhecia Zbigniew de fato, disso eu tenho certeza. Eram apenas figurinhas num banco de dados dedicado a gerar receita com publicidade. Uma horda ávida por tagarelar sem ponderação alguma, emitindo opiniões compulsivas sobre qualquer coisa como se esse desespero servisse para confirmar sua existência. Discussões em que o único objetivo é vencer, sem nenhum espaço para a empatia, nenhum sinal de reconhecimento do outro. Vence quem posta o primeiro comentário ou afeta o descaso mais sarcástico, a ironia mais rasteira, substituindo qualquer vestígio de emoções humanas genuínas. Uma vida inteira reduzida a um jorro de texto que não passaria pelo crivo do filtro de *spam* mais rudimentar. Enojado, cliquei no nome de Agnieszka para enviar uma mensagem particular. Desisti quando o browser carregou o perfil da irmã do meu amigo e a atualização mais recente mostrava uma fotografia em resolução ruim da tabuleta que Zbigniew tinha pendurado no peito antes de se dependurar pelo pescoço. *Surto Dublinês de Suicidioses, 2007*, anunciava a inscrição em letras bem grossas. Fechei a aba e em seguida apaguei meu perfil no Bebo e minha recém-inaugurada conta no Facebook.

Fui visitar Seewoosagur em casa, um apartamento minúsculo nos blocos da Lower Frederick, onde ele morava sozinho. Queria pedir desculpas pela confusão, pela idiotice com os dodôs, por tudo. Seewo era um cara instruído e de boa índole, que nunca tinha feito por merecer a campanha de humilhação promovida por Barry e que suportou com estoicismo até explodir naquela manhã na Henry Street. Os blocos de dois andares pareciam peças de um lego triste. As portas dos apartamentos, que davam direto para a rua, estavam pintadas em cores básicas, imitando as portas das casas georgianas. Mas o colorido desse simulacro kitsch era o único sinal de vida naquelas construções. De resto, eram catedrais do mau gosto e da opressão habitacional, com tubulações metálicas entrando e saindo pelas fachadas de tijolos escuros e ladrilhos rosados, tudo produzido com os materiais mais baratos que a empreiteira conseguiu encontrar. Nos tapumes do outro lado da rua, cercando um terreno vazio onde antes havia mais blocos, alguns cartazes de *Demolição em progresso*. Todas aquelas construções, nódoas purulentas dos tempos de privação econômica, estavam marcadas para desaparecer e dar lugar à nova Irlanda, com seus imóveis ordinários mas nordicamente decorados e vendidos a quantias inacreditáveis. Mas Seewo não estava em casa. Insisti na campainha por alguns minutos, até que o vizinho do lado abriu a porta:

— Tá atrás do preto que morava aí? Foi embora pra Londres, e já foi tarde. Esse aí fedia mais que itinerante.

Sobre o destino do Barry quem me informou foi o noticiário da RTÉ. Encontraram a cabeça do infeliz boiando no Grand Canal, amarrada com arame na cabeça decepada do escocês que morava com ele, como se estivessem se beijando. Dentro da boca de cada um, os genitais do outro. Ainda estavam procurando os corpos. Essa notícia serviu como deixa para uma reportagem especial exibida na semana seguinte a respeito de uma onda crescente de assassinatos relacionados ao tráfico de drogas, com uma violência que não tinha mais sido vista desde os anos 1990. Outras coisas que me chamaram a atenção ao se materializarem na tela da tevê naqueles dias de ingestão compulsiva de milho: a investigação policial sobre um artefato explosivo caseiro encontrado em Temple Bar, outro inquérito sobre o mistério do roubo do coração de São Valentim e um documentário sobre a profecia maia para o fim do mundo em 2012. Como sempre, a humanidade perdia tempo olhando para o lugar errado mesmo com a verdade sacudindo o rabo bem na sua frente. Tantas pessoas se preocupando com os maias e ninguém dando a menor bola para a vingança dos astecas. Fazer o quê.

Depois disso os dias se tornaram uma coleção de repetições. Andar a esmo pela cidade, encher a cara no Hairy Lemon, cravar novos recordes em *shmups*, tentar pensar em não pensar no que fazer para ganhar dinheiro com as economias chegando ao fim. Eu teria voltado para casa, se soubesse onde ficava. Mas como eu não tinha mais certeza sobre coisa nenhuma, resolvi ficar parado no mesmo lugar para ver se minha casa acabava me encontrando. E de um modo torto, como tende a ser tudo nessa minha vida, foi bem isso o que aconteceu.

Uma noite a campainha irritante do meu apartamento zumbiu. Uma, duas, muitas vezes. Levei algum tempo para me descolar do sofá. Abri a porta e só reconheci aquela figura esférica, com cabelos muito curtos pintados de um vermelho quase tão vivo quanto o do batom, imensos brincos de argola e um casaco felpudo com padrão de oncinha, quando ela abriu a boca.

— Desculpa — foi a primeira coisa pronunciada por Stefanija. — Desculpa — ela repetiu, grávida, chorosa e praticamente uma desconhecida.

— Ah — reagi. — Você.

— O Bazza morreu — ela disse, passando a mão na barriga.

— Eu sei. Vi na tevê.

Stefanija fez menção de me abraçar com um gesto teatral, mas sacudi a cabeça em negativa e cruzei os braços. Mesmo de cuecas eu ainda precisava manter a dignidade.

— Não sei mais o que fazer da vida, Magnus — ela voltou a se lamentar, com os olhos inchados. — Não tenho nem onde ficar. E nessa situação em que estou... Mas eu sei que meu amor verdadeiro é você.

— Cala essa boca, por favor — olhei para o teto e tentei me concentrar na teia de aranha que decorava um dos cantos da sala.

Então ela começou toda uma ladainha da qual só escutei metade, explicando tudo que tinha acontecido com ela e conosco nos últimos sete meses. O namoro com Barry. A gravidez. Na versão de Stefanija, ela naturalmente tinha sido seduzida e enganada, e a culpa de tudo era cem por cento do ruivo cadáver. O pior amigo que eu já tive, ela pontificou.

— Certo, certo. Chega — implorei quando não dava mais para aguentar aqueles espasmos brônquicos de gato asmático. — Mas então me diz uma coisa. Uma só. Lá na boate você só dançava mesmo, né? Não fazia programa nem nada. Só dançava.

— Sim — Stefanija assentiu com tanta veemência que as bochechas chegaram a tremer e os brincos de argola quase entraram em órbita. — Só dançava. Juro, meu amor. Juro.

— Eu sei.

Minha vontade era bater a porta na parte mais rotunda daquela criatura triste, dar meia-volta e voltar para o sofá e para o meu *shmup*. Eu estava indo bem no jogo. Estava tudo bem na minha vida. Estava tudo errado, mas tudo errado também era tudo bem. E Stefanija não tinha mudado nada. Mesmo que eu tivesse perdido metade da massa encefálica, ainda conseguiria perceber. Stefanija continuava a mesma de sempre, muito convencida de que sua merda não fedia. Ou pelo menos que eu era incapaz de sentir o cheiro. Eu deveria ter fechado a porta e cravado um novo recorde com a boca cheia de Doritos, mas ao invés de fazer isso eu disse:

— Entra.

Stefanija abriu um sorriso que poderia ser descrito como a morte em forma de dentes, deu uns passos para o interior bagunçado do apartamento e me mandou trazer a mala para dentro, porque estava pesada demais e ela quase tinha passado mal carregando aquilo do táxi até a porta da nossa casa. *Nossa* casa. De certo modo, era como se ela nunca tivesse ido embora. Mas tinha. Tinha me traído da pior maneira possível, tinha me abandonado, tinha arruinado tudo. Muita coisa tinha acontecido em pouco tempo, como aquela barriga imensa nunca me deixaria esquecer. Por outro lado, ali estava ela, retornando ao lugar de onde nunca deveria ter arredado o pé. Minha eslava com um demônio no útero.

— Tira esse casaco — pedi, e ela tirou. Estava gigantesca, o contorno da barriga exibindo um redondo tão perfeito que chegava a ser difícil de aceitar. E ainda faltavam quase dois meses para a criança sair.

Tentou me abraçar de novo, e dessa vez eu me rendi. Aproveitou para cobrir meu rosto de beijos, deixando tudo melado de lágrimas, saliva e batom. Depois reclamou da bagunça, perguntou se eu andava mesmo comendo só pipoca e Doritos, avisou que ia aumentar a temperatura do aquecedor e perguntou onde eu tinha enfiado o cinzeiro.

§§§

E foi assim que meus problemas começaram.

ESTA OBRA FOI COMPOSTA EM ELECTRA PELO ESTÚDIO O.L.M. E IMPRESSA EM OFSETE PELA GEOGRÁFICA SOBRE PAPEL PÓLEN BOLD DA SUZANO PAPEL E CELULOSE PARA A EDITORA SCHWARCZ EM JUNHO DE 2013